KB053497

석간신문을 읽는 명태 씨

산지니시인선 003

석간신문을 읽는 명태 씨

성선경 시집

산지니

나이 오십만 넘으면 새로운 세상이 있는 줄 알았다.
나이 오십만 넘으면 저절로 마음의 평화가 오는 줄 알았다.
묵음(黙吟)의 저녁이 짙어오는 오늘
아직도 갈 길은 산 첩첩 물 망망(茫茫)
어디 괜찮은 그림 속으로나 들어가 버릴까?
답답하니 농담을 하다 정색을 하곤 한다.

| 차례 |

제2부

제4부

제 1 부

우리가 잘 아는 쇠똥구리

쇠똥구리가 쇠똥을 굴리며 간다.
혹 먹물들은 이것을 인생이라
거창하게 칭하지만
어디까지가 밥이고
어디서부터 똥인지
나는 잘 알지 못한다.
하루하루는
제기랄, 제기랄
넘어가지만
나는 간혹 쇠똥구리가 정말 싫다.

그런데
그런데 저 앞의 소는
되새김질만 해도 똥을 싼다.

쥐꼬리에 대한 경배

삶이란 쥐보다
쥐머리보다
쥐꼬리에 매달리는 것
쥐꼬리만 한 희망과
쥐꼬리만 한 햇살과
쥐꼬리만 한 기대에 매달리는 것
우리를 움직이는 건 신(神)이 아니라
우리를 움직이는 건 오로지 쥐꼬리
뻥튀기보다 얇은 쥐꼬리
뻥튀기보다 잘 부서지는 쥐꼬리
뻥튀기보다 밥맛인 쥐꼬리
그 쥐꼬리에 매달리는 것
쥐꼬리 고까이 꺼
쥐꼬리쯤이야 그래도
쥐보다
쥐머리보다
쥐꼬리에 매달리는 것
우리의 삶은 늘

저 가늘고 긴 쥐꼬리에 경배하는 것.

오묘한 국방색

요즘 세상은 컬러시대이니까
별의별 놈의 색이 다 있지만
그래도 그중 오묘한 놈이 국방색이여
처음 입을 땐 푸른 여름색이다가
짬밥을 좀 먹으면 봄빛이 되다가
이제 이놈의 생활이 지겹다 생각되면
낙엽 진 가을색이 되지, 오묘하게
기차 바퀴가 쇠였다가 나무였다가
시계가 오락가락해도 국방색은 국방색
일만 포기 배추김장을 해도 삼년 내내
염장무만 먹고 나와도 국방색
총을 들어도 삽을 들어도
어디 어울리지 않는 데가 없지
아무리 요즘 시대가 컬러시대라고 해도
별의별 놈의 색이 다 있어도
그래도 그중 오묘한 놈은 국방색
각개전투를 한다고 흙바닥에 굴러도
휴가 간다고 칼같이 다려 입어도

한결같은 국방색
어느 자리에 가도
어떤 자리에 가도 다 어울리는
저 오묘한 빨랫감을
요즘도 그러나 몰라 저기,
어이 국방색 가네. 그러는지.

오늘 점심 안성탕면

내 그대를 기다리는 시간이
얼마나 주름졌는지
냄비에 끓는 물이
꼬불꼬불 소리를 낸다
먼저 면을 넣고
스프를 뜯어 고명처럼 얹으면
일순 창자가 주름을 풀고 꼿꼿이 일직선으로
국수 면발처럼 다 풀릴 듯하다
늙은 늑대같이 고픈 배는
소리도 꼬불꼬불 질러
곧은 젓가락으로 꼬불꼬불한
면발을 냄비뚜껑에 들어 올리자마자
김치는 벌써 발갛게 달아오르고
나는 안성맞춤으로 턱을 당긴다
안성맞춤이라니, 이 주름진 하루가
내게 안성맞춤이라니, 내 그대를
기다리는 시간이 얼마나 주름졌는데
국물을 마저 들이켠 배가

일순 주름을 풀고 꼬불꼬불한
마음을 풀고 울음도 아닌
웃음도 아닌 큭큭큭 소리를 낸다
내 그대를 기다리는 시간이
얼마나 주름졌는데, 오늘 점심이
얼마나 주름졌는데.

아주 꾀죄죄한 희망

오늘은 수요일이고
내일 모레면 불타는 금요일
이야 이야오 이야 이야오
나는 다시 힘이 나고 용기가 솟는다.
희망이란 게 뭐 별건가?
우리에게 희망이란
코가 깨어져도 그만하면 다행
오늘은 14일 모레 글피면 봉급날
나는 다시 마음이 푸근해지고
가슴에 뭉게구름이 인다
이야 이야오 이야 이야오
올해는 그럭저럭 지나갈 테고.
내년이면 아들은 졸업반
나도 이젠 한시름 놓겠지?
이야 이야 이야 이야오
등록금 걱정은 안 해도 되는 게 어디냐?
나에게는 지금 수요일이 중요해
내일모레면 불타는 금요일

이야 이야 이야오
우리에게 희망이란
코가 깨어져도 그만하면 다행
오늘 내일은 그냥저냥 지나갈 테고
모레 글피면 신나는 토요일
아침 늦게 일어나 늦은 밥을 먹고
가까운 뒷산이나 오를까?
희망이란 뭐 별건가?
내년이면 아들은 졸업반
등록금 걱정은 안 해도 되는 게 어디냐?
나는 다시 힘이 나고 용기가 솟는다
이야 이야 이야오.

미루나무에 노을을 붙들어 매며

그대 그러지 마시게
해가 진다고 마음도 노을이 들까

깔고 앉은 바위에서 엉덩이를 들어
툭툭, 돋아나는 별들을 가리키며
돌아서면 아직도 아쉬운
노을 같은 사람아

그대 그러지 마시게
해가 산을 넘는다고 그리 쉬 잊힐까?

나는 아직도 지는 해를 붙잡아
뜨거운 손 놓지 못하는데
그대 그러지 마시게

어이 무정한 들꽃은 손을 흔드는가?

그대 부디 그러지 마시게

한 잔 술에도 붉어지는 얼굴
아직 다 보여주지 못했는데
뭐가 그리 급하다고
걸음을 옮기는 사람아

마음의 귀를 잡으면 첩첩하고
생각의 눈을 잡으면 회회한데

나는 미루나무 등걸에 해를 묶고
손으로 저 하늘을 다 가려
보라 별 돋는다, 그대 말씀 가리고 싶은데.

그는 오늘도 수레를 가로막고

그는 당랑권의 신봉자다
팔을 내뻗었다 재빨리 거둬들일 때
사람들은 그가 춤추는 줄 알지만
그것은 그가 자랑하는 권법이다
술을 한 잔 먹었을 때
그의 권법은 더욱 빛을 발하지만
노래방에 가서도 그 빛은 여전하다
—군사우편 적혀 있는 전선 편지에—
이때 군사와 우편 사이에
노래가사보다 빠르고 정확하게
그의 당랑권이 휙 휙 바람을 가르며
팔을 내뻗었다 재빨리 거둬들인다
천안문 사태에서 그와 닮은 이가
탱크 앞을 가로막고 팔을 내뻗을 때
그는 그의 당랑권이 이미 한 경지에 올랐음을
잠자리 눈보다 빨리 느꼈다
그는 당랑권의 신봉자다
오후 두 시쯤이면 이미

그의 아버지가 그랬던 것처럼
한창 취기가 당랑권에 올라 있다
택시와 버스와 트럭 앞에서
팔을 내뻗었다 재빨리 거둬들일 때
역사(歷史)가 거기에 있다고 느끼는
그는 이미 당랑권의 고수다.
그가 뭇 수레 앞에서
팔을 내뻗었다 재빨리 거둬들일 때
사람들은 그가 춤추는 줄 알지만
그것은 그가 자랑하는 권법이다

아들과 함께 자장면을

소독저를 소리 나게 짝하니 찢어서
슬슬 비비면서 생각하네
내게 온 계간문예지 누가 가져갔을까?
한 입 후루룩 자장면을 빨아들이며
생각하네 그 문예지를 누가 가져갔을까?
단무지를 자장에 찍으며 생각하네
그에겐 별 필요도 없었을 텐데
혹시, 하고 철가방이 의심스럽고
5층이 너무 높다고 엘리베이터도 없는
5층이 너무 높다고 기분 나쁘게
달랑 자장 두 그릇이 뭐냐고
그랬을까? 자장면을 먹으며
양파에 식초를 부을까 말까
생각하며 의심하네. 5층이라서
혹시 4층이 자장면을 시켜먹는
5층이, 쿵쾅거리며 올라가는
번개 배달부가 짜증스러워 4층이
입가에 묻은 자장을 냅킨으로

닦으며 생각하네, 내 시가 실린
그 책을 누가 가져갔을까?
소독저를 내려놓고 자장 그릇을 비워
문밖으로 내놓으며 생각하네
자장면 그릇을 내놓는 저놈
저 자장면 냄새 때문에 내가 못살아,
그랬을지? 앞집이 의심스럽고
아들과 나는 아무 말 없이 의심스럽고
자장면같이 까맣게 의심스럽고.

아들과 함께 화분에 물 주기

세상에서 제일 큰 소리는 우리 귀에 들리지 않지만
세상에서 제일 사소한 일은 화분에 물 주기
그저 시간이 나면 관심을 가지는 척
물 조루를 들고 어디 새잎이 났는지
어디 마른 잎사귀는 없는지 살펴보는 일
그러나 생각해보면 이 세상에서
내가 하는 일 가운데 가장 귀한 일이
화분에 물 주는 일 바싹 마른 화분에 물 조루를 들고
해봤자 표 나지 않는 일에 진지하게
시간을 내는 일 화분에 물 주는 일
세상에서 제일 큰 소리도 우리 귀에 들리지 않지만
세상에서 제일 귀한 일도 눈에 보이지 않는 일
누가 봐도 그저 그런 사소한 일
해봤자 표 나지 않는 일 화분에 물 주는 일
아들과 둘이서 무슨 대화를 나누나 싶게
그저 시간이 나서 마주 앉아 차 한잔 마시듯
아무 말도 없이 물 조루를 들고 서성거리는 일
세상에 제일 중요한 대화는 말로 하는 게 아니지

그저 눈빛으로만

너도 여기 좀 봐!

응 새잎이 났네!

고개를 끄덕끄덕 다시 화분을 옮기고

물 조루를 들고 해봤자 표 나지 않는 일에

진지하게 시간을 내는 일 화분에 물 주는 일

아들과 함께 화분에 물 주는 일

세상의 눈에 보이지 않는 가장 귀한 일.

검은 소로 밭을 가니

어둡지 않은가 여기 지금
꽃은 봄비에 젖고 여윈 봄날은
용서 없이 간다네. 너는 꽃빛의
풍경을 두르고 나는 젖은 우산을 걷네
어둡지 않은가 여기 너는 강물을 휘돌아
주막에 들고 나는 소잔등을 때리며 밭을 가네
봄비는 꽃잎을 적시고 나는 젖은 풀잎으로
소를 몰며 이려, 이려 쟁기의 보습을 드네
어둡지 않은가 지금 여기 소는 꼬리로
파리를 쫓고 나의 눈길은 꽃에 머무네
밭은 여기서 저기까지 팔백 평
내 마음은 두세 꽃에 머무네
어둡지 않은가 여기 지금
사랑은 머무는 것이 아니라
노랫가락처럼 지나가는 것이라
너는 강물을 휘돌아 주막에 들고
나는 소잔등을 때리며 밭을 가네
너는 가고 나는 밭을 가네

쟁기의 보습은 무겁고 그대
봄날은 나비같이 가벼워
어둡지 않은가 여기 꽃은 봄비에 젖고
여윈 봄날은 용서 없이 간다네.

개치나루

역에서 역으로 떠도는
허튼소리도 짙고 옅음이 있어
행상 마부들도 다 잠든 별 아래
강의 긴 혓바닥만이
모래톱을 핥다가 산모롱이를 돌아
건너편 언덕을 더듬고
적막이 고여 물오리 늪처럼 존다
우리가 간혹 왼쪽으로
누웠다가 오른쪽으로 돌아눕듯
여기에서 또 여기로
물은 동쪽에서
서쪽으로 몸을 튼다
북두칠성이 둥둥 팔을 걷어붙이고
물에 빠진 달을 건져 올리는 하동(河東)
떠돌던 신발들도 다 조는 축대 위
혼자 잠꼬대를 하는 적막은
이미 많이 기울어졌다. 여름밤
잠이 부족한 솔숲은 몸을 한 번 후두둑

털고는 다시 숨소리도 가늘게 코를 곤다
역에서 역으로 여기에서 또 여기로
허튼소리도 짙고 옅음이 있어
구름이 구름을 가리는 밤
물만 동쪽에서 서쪽으로 또 몸을 튼다
꿈속에서도 솟대는 왜가리 잠처럼
외발로 서서 깜짝 깜짝 조각별로 놀래고.

그곳에도 쏘가리가 산다네

저 맑은 물에 쏘가리가 산다네
글쎄, 저 맑은 물에 어떻게
쏘가리가 산다네. 늘 뭉게구름
피어오를 것 같은 깊은 산 계곡
손을 담그면 푸른 물이
묻어날 것 같은 저 맑은 계곡에
쏘가리가 산다네, 할머니는
늘 허공 같은 얼굴을 하셨지
사람 마음 그 끝이 허공,
푸른 허공이라 하셨지
그 허공에도 쏘가리가 사는지
저 맑은 물에 쏘가리가 산다네
글쎄, 저 맑은 물에 어떻게
하고 생각하는 그곳에
어딜 감히 갑자기 손등을 쿡 쏘는
쏘가리가 산다네. 늘 뭉게구름
하나도 걱정 없는 뭉게구름
피어오를 것 같은 깊은 산 계곡

저 맑은 계곡에 쏘가리가 산다네
할머니는 늘 허공 같은 얼굴을
하고 계셨지. 사람 마음 그 끝은
허공. 푸른 허공이라 하셨지
그 허공에도 쏘가리가 사는지
글쎄, 저 맑은 물에 어떻게 하고
생각하는 그곳에 쏘가리가 산다네.

구구 마당에서 암탉을 부를 때

봄 햇살은 졸음처럼 젖어오지요
젖는다는 표현이 좀 뭐하다면
차츰차츰 안겨오지요
가령 맥주를 마시다 소주를
한 컵 섞었을 때처럼
이런 농담은 어때요
"발이 크면 뭐가 크게요?"
"그야 뭐 신발"
봄 햇살은 젖는 게 맞지요
젖는다는 표현이 좀 뭐하다면
맥주에 소주를 탔을 때처럼
차츰차츰 안겨오지요
울고 싶은 날 슬픈 영화를
본다는 것은 구식
버짐나무 아래서 자리를 깔고
앉았다 누웠다를 반복해
봄 햇살은 졸음처럼 젖어오지요
젖는다는 표현이 좀 뭐하다면
도둑고양이처럼 안겨오지요

차츰차츰 안겨오지요
가령 맥주를 마시다 소주를
한 컵 섞었을 때처럼.

능소화

루즈를 붉게 바르고
늙은 애인을 기다리는 오후
담벼락엔 햇살의 잔주름이 자글자글 끓고 있다
누군가 누구를 그리워한다는 것은
어제의 상처를 되짚어 딱지를 떼는 일
상처 위에 과산화수소수를 부어
거품이 부글부글 일게 하는 일

담벼락에 기대선 그림자에게 말이라도 붙이고 싶어

자주 손거울을 꺼내
고친 화장을 다시 고치고
둥근 입술을 쭉 내밀어
붉은 루즈의 낯익은 테를 다시 그려본다

김치를 숭숭 썰어 벌겋게 김치찌개나 끓일까

어제 한 말들은 다 거품이 된 뒤에도

누군가를 기다리는 것은
언제나 목이 꺾이는 일
모가지를 뚝 뚝 떨어뜨리다가도
자꾸 입술을 달싹이는
저 붉은 주둥이

옛다, 쏘주 한 잔.

마음의 텃밭에는 배추흰나비가 졸지

겨우 시 한 편 쓰고
봄잠에 들었네
깨어나면
봄 들판에서 땀 흘린 친구들에겐
뭐라고 지청구를 들을까?
나는 천상 게을러서
겨우 시 한 편에 이미
장다리꽃같이 깊은 잠 들었는데
배추흰나비에게는
─너도 좀 졸지!
그렇게 말할까?
겨우 시 한 편 쓰고
나는 봄잠에 들었는데
쏴─하니 봄 햇살에
쟁기며, 괭이, 삽
온 들판은 땀을 흘리고
나는 뭐라고 지청구를 들을까?
천성이 게으른 네 마음의 텃밭

겨우 시 한 편에 이미
장다리꽃같이 깊은 잠 들었는데.

제 2 부

밥罰

-석간신문을 읽는 명태 씨

밥벌이는 밥의 罰이다.
내 저 향기로운 냄새를 탐닉한 죄
내 저 풍요로운 포만감을 누린 죄
내 새끼에게 한 젓가락이라도 더 먹이겠다고
내 밥상에 한 접시의 찬이라도 더 올려놓겠다고
눈알을 부릅뜨고 새벽같이 일어나
사랑과 평화보다도 꿈과 이상보다도
몸뚱아리를 위해 더 종종거린 죄
몸뚱아리를 위해 더 싹싹 꼬리 친 죄
내 밥에 대한 저 엄중한 추궁
밥벌이는 내 밥의 罰이다.

하산(下山)
-석간신문을 읽는 명태 씨

산을 오를 때는 저 봉우리가 꽃이어서
저기 저 정상이 환한 꽃이어서
한눈팔 사이도 없이 오르고 보지만
이제 내려가는 길은 몸도 마음도 낮아져
길섶의 키 낮은 꽃과 풀이 다 보인다는데
이젠 나도 내리막길인데 아직 내 눈엔
꽃은커녕 한눈파는 것도 쉽지 않다
어쩜 한눈파는 것이 정말 삶이고 인생인데
내려가는 길이 너무 가파르고 경사가 져
나무를 보고 꽃을 보는 일
아직은 내게 너무 어려워
자주 몸이 기우뚱하고 발이 꼬인다
내려갈 때엔 꽃이 보인다는 말이
어느 선승의 법문같이 들리는 날
내겐 내려가는 길도 예삿일이 아닌데
나도 혹시 하고 잠시 발을 멈추어 본다.

수풀에 몸 숨긴 키 낮은 패랭이꽃 하나.

탄현(彈絃)

-석간신문을 읽는 명태 씨

나는 낡은 기타
이젠 소리통도 관절염을 앓는데
네게로 가는 생각
긴장이 늘어진 빨랫줄 같은데

어찌 알고 저 봄 꽃가지들이
입춘의 나비들을 만들어 내듯
늙은 음표들 제비같이 전깃줄에 내려앉는다.

가로등을 타고 올라 피워낸 높은음자리표
아침을 맞은 나팔꽃같이 활짝 피어서
뼈와 가죽만 남은 관절을 꺾어
늙은 우륵이 현을 고른다.

이제 우리 제비꽃이나 키우며 살까?

너는 호호 묻는 오선지
나는 무덤덤 낡은 기타.

와불(臥佛)
-석간신문을 읽는 명태 씨

나는 이제 누워 있는 부처다

사랑하면서도 말하지 못한 가슴처럼
누워서도 잠들지 못하는 생이다

여기가 화순의 운주사가 아니라도
누워서 천년을 기다리는 생은 지천이다

내 옆에 너 거기 누웠고
너 옆에 나 여기 누웠으니

어디 손가락 하나 까딱 못하는 우리에게
봄날은 와서 누군가 박씨를 심는 언덕이 있다고 해도
다시 꽃피지는 못할 일

이제 남은 것은 조용히 풍화되는 일
여기가 화순의 운주사가 아니라도

나는 이제 누워 있는 부처다.

한로(寒露)
-석간신문을 읽는 명태 씨

명예퇴직서(名譽退職書)를 앞에 두고
끝까지 가지를 움켜진 단풍잎같이 붉어져 볼 것인가
풀잎에 내린 찬이슬같이 끝까지 매달려 볼 것인가
놀란 자라목같이 밤새 주름진 생각의 관절들이
우두둑 우두둑 뼈마디 꺾이는 소리를 낸다.

생각에도 마디마디 꺾이는 관절이 있어
뚝뚝 팔목 꺾이는 소리가 들리는가.

생각해 보면 빈속들이 대나무같이 마디를 만드는 갑다.
생의 길은 가르마같이 늘 한가운데 있다는데
소금장수 우산장수 두 아들을 둔 늙은이같이
이러지도 못하고 저러지도 못하여 마음을
자꾸 문지르자 종이쪽같이 나달나달해져서

한로(寒露), 가을 연잎같이 찬이슬이 이마에 맺힌다.

생각하면 한로(閑老)

나도 한가로이 늙어 갈 수 있을 것인가?

누란(累卵)
-석간신문을 읽는 명태 씨

삼천오백 원
계란 한 판에 냉장고가 그득하다
냉장고의 문을 열고 닫을 때마다
도원경(桃源境)같이 풍요로워 좋은데
풍요로운 만큼 깨어질까 떨어뜨릴까 걱정도 된다

계란 한 판의 풍요에 따라 들어온 이 근심
흠집이 있는 골동품처럼 나는 편안한데

어쩜 우리네 삶이란
그렇게 목을 매고 원하던 것이
고작 이렇게 쌓아놓은 계란 한 판이 아닐까

금방 깨어질 것 같은 이 풍요

사막의 도시 누란처럼
어느 날 갑자기 사라져버릴까 두려운
이 조심스런 넉넉함

조용히 열었다 조심조심 닫는
나이 오십.

모래주머니
-석간신문을 읽는 명태 씨

이 일을 처음 시작한 이 누구냐
눈구멍과 귓구멍과 아가리를 죄다 기워서
자루 가득 모래를 담아두는 일
이렇게 준비하고 예비한 이
누구냐 내 속이 이렇게 꽉 찬 포만을 준비한 이
미래를 대비한다는 것은
얼마나 소금같이 기특한 일이냐
줄줄 미끄러운 내일을 위하여
자루마다 모래를 담아 쌓아두는 일
줄줄 미끄러지는 내일을 예감하는 일
아래서 시작하면 산을 오르는 일
위에서 시작하면 산을 내려가는 일
어디서 시작하든 다 위태로운 것이니
몸통 가득 모래를 담아두는 일
자주 헛발질로 헛도는 바퀴들을 위하여
미래를 예비하는 일
눈구멍과 콧구멍과 귓구멍을 다 막아버리고
아가리조차 꿰매어 차곡차곡 쌓아두는 일

이 일을 처음 시작한 이 누구냐
이 일을 처음 예비한 이 누구냐
스스스 흘러내리는 모래를 꽉 움켜잡고
나도 이젠 꽉 찬 포만.

만추(晩秋)
-석간신문을 읽는 명태 씨

분노나 슬픔 혹은 절망이 우리를 강하게 하는 것은 아니듯
기쁨이나 행복 혹은 희망이 우리를 약하게 하는 것도 아
니다

가장 고통스런 꽃샘의 끝에 봄꽃이 피듯이
가장 화창한 봄날에 꽃잎이 꿈같이 지듯이

아내보다 더 어른스런 말을 하는 딸 앞에서
나보다 더 어른스런 행동을 하는 아들 앞에서
우리는 주눅이 들 듯 늙는다

세월은 늘 감추고 싶어 하는 아내의 세치 같은 것
그보다 더 깊은 주름살 같은 것

내가 감추고 싶어 하는 것을
나보다 다른 사람들이 먼저 알아차릴 때
우수 뒤의 목련같이 우리는 늙는다.

밥물

늘 밥을 먹으면서
나도 세상의 인정 같은 김이 술술 나는
따뜻한 밥 한 그릇 되었으면 했으나
온전히 따뜻한 한 그릇 밥이 되려면
눈물같이 흑 흑 솥전을 적시며
한 번은 크게 울어 밥물이 넘쳐야 한다는
가슴 끓는 사실을 알고서는
아 아 나는 언제 저렇게 울어보았느냐
밥 한 술 뜰 때마다 생쌀이 씹힙니다.

마음의 불이 아직도 약해
뜸도 들지 않은 쉰다섯의 밥솥.

봄밤에 시를 쓰다

봄밤에 꽃이 피는데
꽃이 피는 봄밤에
나는 몇 편의 시를 썼네
그냥 두었으면 병아리가 되었을
계란 몇 개를 깨어버렸네
꽃이 져야 열매를 맺는다는데
꽃피는 봄날에
계란 몇 개 깨어버렸네
그냥 두었으면 병아리가 되었을
닭이 되었을, 닭이 되어
알을 낳았을, 알을 품어
병아리를 오종종 오종종
거느리고 다녔을, 어미닭이 되었을
계란 몇 개를 깨어버렸네
꽃피는 밤의 그 외로움이 무서워
아무도 무서워하지 않는 그놈의,
그놈의 그놈이 무서워
계란 몇 개를 깨어버렸네

꽃피는 봄밤
꽃이 피는 봄밤
나는 시 몇 편을 썼네.

모래시계

아 다행이다
이제 내 머릿속엔 새들도 울지 않는다
이젠 지끈거리는 두통도 없다
몇 마리 전갈들이
모래등 속에서 꼼지락거릴 뿐
심장을 흔들며 울던 새들도 다 날아가고
잎이며 꽃들을 피워 나를 울리던 초록도 가고
겨우 몇 마리 전갈들만 모래등을 기대
꼼지락 꼼지락거릴 뿐
아 다행이다 이젠 내 머릿속엔
더 이상 새들이 울지 않는다
낙타들의 발자국도 다 지워지고
머리를 흔들면 스스스
이리저리로 쏠리는 모래알들이
이쪽저쪽에다 언덕을 만들었다 무너질 뿐
이젠 새들이 울지 않아 얼마나 다행한 일이냐
물구나무같이 머리가 아래를 향하면
주루루루 쏟아져 내리는 시간만 흐르고

새가 울지 않는 이 정적 얼마나 다행한 일이냐
이젠 지끈거리는 두통이 없다
드디어 새는 울지 않는다.

내 속의 칠지도

태어나 삼시세끼가 다 아귀 같은 삶
어디 칼 한 자루 품지 않은 생 있겠는가만

저녁 식탁
석쇠 위에 놓인 꽁치 한 마리
살을 헤집으니 칠지도 가지런하다

밥과 비린내로 배를 채우며
가지런한 등뼈를 슬쩍 뒤집어 놓아도
두 눈 동그랗게 뜨고
형형하게 물으시는 말씀

봐라
너도 칼 한 자루는 품었느냐

나는
뚝 분질러 말하지 못하는 속내를
그깟 꽁치에게 들킬까 봐

밥숟갈만 꾹꾹 눌러서 한 입
아들에게도 어서어서 먹어라
꾹꾹 눌러서 한 입
살코기만 골라서 얹어준다.

멸치 한 마리

내 한때는 큰 바다를 꿈꾸었으나
망망대해에 어쩔 줄 모르고
이리로 저리로 쏠려 다니다
이제 여기

접시 위에
내 한 몸 편안히 눕히니
모두 부질없다

한낱 풋고추와 버무려져
볶음이 되거나
쭉— 찢겨
고추장에 묻힌 안주가 되어도
다 한 생애

저 큰 바다의 꿈도
저 험한 물결도
다 부질없는 내 생애

볶거나 조려도
대가리 떼고 똥을 빼도
다 내 안에 든 늙은 바다

삶의 비린내 훅 끼친다.

소금 두 가마니

내 살아오면서 흘린 눈물
모두 말리면 소금 한 가마니
내 살아남기 위해 흘린 땀
모두 말리면 또 소금 한 가마니
이제 너희 둘을 위해 모두 물려주겠다.
귀찮다 말고, 너무 작다 말고 받아라.
늙은 보부상같이 헐떡이며 살아온
내 생애는 모두가 부끄러웠으나
그래도 이 둘만은 덜 부끄러우니
이제 너희 둘을 위해 물려주겠다.
소금가마니를 척 멍석에 펼쳐 놓으면
내 무슨 자서전이 필요하며
내 무슨 행장이 필요하랴
다 말하지 않아도 알아들을 두 귀
너희에게 있으니
이제 이 소금 두 가마니
너희에게 물려주겠다.
소태같이 짜거나

곰보같이 얽었을
이 소금 두 가마니
아들아 그리고 딸아
이제 다 너희들 꺼다.

동거(同居)

담배 담배 담배
나는 늙은 염소를 불렀다
그는 풀밭 위의 식사를 끝내고
수염과 위엄을 거느리고
노을을 펼치며 끄덕끄덕 따라왔다
나는 이제 그와 함께 깊은 적막에 들 것이다

하현달마저 꺼버린 늦가을의 상념
나는 낮에 읽은 활자들을 되새김질할 것이고
그는 까만 똥을 환약을 짓듯 오물거릴 것이다

아니
내일이면 늙은 염소는
담배 담배 담배
나를 끌고 풀밭으로 나갈지 모른다
나는 그의 수염과 위엄에 끌려
미명을 썩 걷어치울지 모른다

그러나
나를 끌고 가는 것이
다만 노을이나 미명이 아니어도 그만
다시 놓친 활자들을 주우려 가면 그만.

제 3 부

나무

태어나 한 번도 자리를 옮기지 않은
끝없는 용맹정진(勇猛精進)
장좌불와(長坐不臥)
내게 바람이 해일(海溢)처럼 지나도
햇살이 폭우(暴雨)처럼 쏟아져도
단 한 발자국도 자리를 옮기지 않고
끝없는 묵언수행(黙言修行)
장좌불와(長坐不臥)

생각을 가지런히 내려놓은 무념무상의 잎사귀들

나무
관세음(觀世音)
나무 관세음보살

궁궁(弓弓)

나의 상추밭은 관상용
어디까지나 눈으로만 풍요를 즐기는
세상에 둘도 없는 꽃이고 풀이다
어찌나 예쁜지
간혹, 아내가
한 잎 뜯어 쌈 한 번 싸먹자 그러면
예끼, 이 사람아!
어디 수족관의 금붕어로 매운탕을 끓여?
호통도 치면서 지긋이 바라보는
나의 채마밭은 어디까지나 관상용
눈으로만 즐기는 농사
세상에 둘도 없는 풀과 꽃이라고
물조루를 들고 아침, 저녁으로
문안 인사를 드리는
나의 채마밭은 관상용
꽃이 펴도 좋고
꽃이 피지 않아도 꽃밭인
나의 텃밭은 어디까지나 관상용

눈으로만 즐기는 농사
눈농사.

을을(乙乙)

아이들이 오종종 모여 앉았습니다
저들이 뭘 알겠어요 아직은
새파랗는데 사랑이 뭔지 어떻게
알겠어요 그저 깔깔거리기만 할 뿐
누군가 열여덟을 딸기같다고 했어요
참 적절한 비유지요 아직은
새파랗지만 곧 저들대로 붉어가겠지요
열여덟 딸기같이 사랑도 익히겠지요
오종종 모여 앉아 깔깔거리기나 하다가
저들도 모르게 열여덟 딸기같이
익어가겠지요 우리는 단지
관심을 두고 가끔 둘러볼 뿐
저 오종종한 것들을 둘러볼 뿐
저들이 저들식대로 붉어가는 것을
하나둘 헤아리며 지켜볼 뿐
정오는 벌써 입술부터 붉어오는 것을
저 뜨거운 열망의 빨강을 어떡하겠어요
아이들은 오늘도 오종종 오종종

모여 앉았습니다 열여덟
열여덟 딸기같이.

봄, 대화

아지랑이가, 아지랑이가
니는 머뭇거리고
뭐라카노
뭐라카노
잘 안 들리는구마
나는 크게 말하고
아지랑이가……
아지랑이가……
니는 자꾸 작아지고
뭐라카노
잘 안 들리는구마
크게 말해 보그래이
아지랑이가 어쨌다고
나는 자꾸 눈이 커지고
아지랑이가, 아지랑이가
니는 자꾸 어릉거리기만 하고
어쨌다고, 잘 안 들린다 카이
나는 귀를 자꾸 기울이고

뭐라꼬 으잉

뭐라꼬

니는 보일 듯 들릴 듯

나는 귀를 눈만큼 크게 뜨고.

오늘 하루에도 널치가 난다네

사람 사는 일
구절양장(九折羊腸)이란 말
참 옳은 말이지
노루꼬리만 한 해가 천 리 길을 만들고
나는 절굿공이로 바늘을 만든다네

마고할미도 해를 보고 웃을 일
나는 날마다 하나씩 절굿공이를 준비한다네

사람 사는 일
파란만장(波瀾萬丈)이란 말
참 옳은 말이지
멸치 같은 몸이 갈치처럼 늘어나는 것
나는 따개비처럼 해변으로 밀리는 물결을 헨다네

낚시로 세월을 낚는다는 말
저 달도 웃을 일
나는 날마다 따개비가 즐비한 새로운 해변을 준비한다네

널치는 꼬리가 긴 물고기
곤(鯤)이
붕(鵬)이 될 때까지
대붕(大鵬)이 될 때까지
아주 꼬리가 긴 물고기.

낙타가 바늘구멍으로 와 들어가노

사막에서 바늘 찾기라는 말은 들었어도
바늘구멍으로 들어가는 낙타가 어딨노?
그래도 사막의 왕자는 낙탄데
이 오아시스에서 저 오아시스로
길을 꿰매는 게 낙타라지만
그것이 설령 사막에서
바늘 찾기보다 어렵다 그래도
낙타가, 멀쩡한 낙타가
바늘구멍으로 와 들어가노?
그래도 사막의 왕자는 낙탄데
어디 천막에 구멍이라도 날라치면
여봐라, 낙타야 좀 꿰매라 그런가?
사막에서 바늘 찾기라는 말은 들었어도
바늘구멍으로 들어가는 낙타가 어딨노?
이 별자리에서 저 별자리로
하늘과 하늘을 꿰매는 게 낙타라지만
그것이 설령 모래사막에서
바늘 찾기보다 어렵다 그래도

낙타가, 멀쩡한 낙타가
바늘구멍으로 와 들어가노?
참 쓸데없이 저 낙타를.

가만히 있는 미꾸라지를 왜

한 마리가,
그것도 딱 한 마리가
온 세상을 흙탕물로 만들었다면
아마 그건 미꾸라지가 아니지?
한 마리가,
그것도 딱 한 마리가
온 세상을 어지럽혔다면
그건 용이지 아마!
그런데 왜
가만히 있는 미꾸라지를 왜
사람들은 왜 물풀에 몸을 숨기고
자는 듯 죽은 듯 숨어 있는
미꾸라지를 왜
무슨 이무기나 용 취급하지?
미꾸라지는 미꾸라지
미꾸라지는 미꾸라지 짓밖에
할 수가 없지. 그냥 숨는 것
흙탕물에서도 그저 숨는 것
아무 할 짓도 없지!

미꾸라지는 미꾸라지
미꾸라지는 미꾸라지 짓밖에
못 해. 그런데
한 마리가,
그것도 딱 한 마리가
온 세상을 흙탕물로 만들었다면
그건 아마 미꾸라지가 아니지?
참 내.

복사꽃 지자 복숭아 열리고

적금 타자 아들은 이사를 하고
더 큰 집으로 이사를 하고
장롱이며 침대며 다 있는데
냉장고가 고장이 나고
멀쩡한 냉장고가 고장이 나고
적금 타자 냉장고가 고장이 나고
멀쩡한 냉장고가 고장이 나고
까마귀 날자 배 떨어지고
나는 손가락을 꼽아 보는데
전번에도 전전번에도
전해에도 전전해에도
까마귀 날자 배 떨어지고
저 재수 없는 까마귀
날지 마 저 까마귀
적금 타자 아들은 이사를 하고
더 큰 집으로 이사를 하고
세탁기며 가스레인지 다 있는데
냉장고가 고장이 나고

멀쩡한 냉장고가 고장이 나고
까마귀 날자 배 떨어지고
나는 손가락만 꼽아 보는데
날지 마 저 까마귀
저 깜깜한 까마귀.

부엌에서 숟가락 하나 줍고

아내가 외출을 하니 명태 씨는 걱정이고
밤늦어 돌아오지 않으니 걱정이고
안방으로 부엌으로 왔다갔다 걱정이고
어디 일이 잘못되어 끌려갔나, 걱정이고
납치라도 당했으면 어쩌나 걱정이고
아님 어디 불쌍놈과 눈이 맞았나, 걱정이고
아내가 외출을 하니 명태 씨는 걱정이고
안방으로 부엌으로 왔다갔다 걱정이고
밤늦어 돌아오지 않으니 걱정이고
무슨 일이 생겼나 걱정이고
아내가 돌아오지 않으니 걱정이고
어디 일이 잘못되었나 걱정이고
안방에서 부엌으로 왔다갔다 걱정이고
그보다 더 어디 백화점에라도 갔을까 걱정이고
백화점에 가 쓸데없이 카드를
팍팍 긋고 있을까, 걱정이고
안방에서 부엌으로 부엌에서 안방으로
왔다갔다 걱정이고 무슨 일이

잘못되었나, 걱정이고
아내가 외출을 하니 명태 씨는 걱정이고
밤늦어 돌아오지 않으니 걱정이고
아내보다도 백화점이
백화점보다 카드가 더 걱정이고.

사돈은 늘 남의 말을 하고

거북이가 아주 급한 걸음으로
급한 걸음으로 엉금엉금 기는데
이를 보는 사자가 하 기가 차서
심술궂게 한 말씀 하시는데
"너! 토끼와 경주에서 또 졌다며"
옆으로 와 다정히도 놀리는데
거북이는 만사 귀찮다는 듯이
아주 급한 걸음으로 엉금엉금 기는데
사자는 따라오며 또 놀리는데
다정하게 붙어서 놀리는데
"야! 너 가방이나 벗고 뛰지 그랬니?"
아주 다정히도 놀리는데
거북이는 너무 화가 나서
그 자리에 멈춰
척 허리 버팀을 하고
거기 사자를 보고 한 말씀 하시는데
"야! 이년아 머리나 좀 묶고 다니지?"
한 말씀 던지고 뒤도 안 보고 가는데

엉금엉금 빨리도 가는데
이를 보고 사자가 하 기가 차서
"야! 너 정말 가방 안 벗을 거냐?"
심술궂게 또 딴죽을 거는데
거북이는 제 갈 길이나 꾸벅꾸벅 가면서
"미친년! 머리나 좀 묶지?"
뒤도 돌아보지 않고 꾸벅꾸벅 가면서
엉금엉금 꾸벅꾸벅 가면서
혼잣말로 중얼중얼 엉금엉금.

태극기가 바람에

펄럭입니다. 못난 놈들이
떼 지어 뒷골목으로 선술집으로
우루루 우루루 몰려다니며
남자도 아닌 남자 지천명
바람에 펄럭입니다. 담배를 물고
연기를 뿜으며 남자도 아닌 남자가
남자인 것처럼 펄럭입니다.
여자도 아닌 여자도 쳐다보지 않는
남자도 아닌 남자 지천명
바람에 펄럭입니다. 누구도
쳐다보지 않는 동사무소 깃대봉처럼
초등학교 운동장 깃대봉처럼
하느님이 보우하사 펄럭입니다.
혼자 남자인 것처럼
저 혼자 남자인 것처럼
펄럭입니다. 못난 놈들의 지천명
제각각 떼 지어 우루루 몰려다니며
바람에 펄럭입니다. 여자도 아닌

여자도 쳐다보지 않는 남자도 아닌
남자가 지천명, 바람에 펄럭입니다.
누구 한 번 쳐다보라고 담배를 물고
연기를 훅훅 내뿜으며 펄럭입니다.
뒷골목으로 선술집으로 남자도 아닌
남자가 남자인 것처럼
개꼬랑지같이 펄럭입니다
지천명 지천명 펄럭입니다.

봄날은 도깨비같이

도깨비방망이가 없으면 도깨비도
도깨비가 아니듯 이 봄날에
봄바람이 없으면 봄이
아니지, 불어라 봄바람
매화 피그라 뚝딱 봄바람 불고
살구꽃 피그라 뚝딱 봄바람 불고
벚꽃 피그라 뚝딱 봄바람 불고
그대는 아니 오고 봄바람 불고
도깨비도 도깨비방망이가 없으면
도깨비가 아니듯 이 봄날에
봄바람이 없으면 봄이
아니지, 매화가 흩날리게
불어라 봄바람, 살구꽃 지면
살구가 열리겠지, 불어라
봄바람, 그대는 아니 오고
불어라 봄바람, 능수버들
물오른 능수버들 허리쯤 흔들리게
불어라 봄바람, 도깨비방망이가 없으면

도깨비도 도깨비가 아니듯 이 봄날에
봄바람이 없으면 봄이
아니지, 불어라 봄바람
그대는 아니 오고 불어라 봄바람.

양춘(陽春)

어느 날 사과를 깎다 허생의 처가 말했다.

이제 우리 역할을 바꾸면 어떻겠어요?
왜? 허생이 물었다.
당신이 언제 양말 걱정을 해봤어요?
욕실의 수건 걱정을 해봤어요?
나는 하루 종일 종종거리지
밥 해놨다 싶으면
설거지가 싱크대 가득 하고
반찬은 됐다 싶으면
국거리가 걱정이니
우리 이제 역할을 바꿔요

듣고 보니 맞는 말인 것도 같았다

봉급쟁이 삼십 년에
아들딸 다 키워놓고
이제 다시 행주치마!

하 답답하여 베란다로 나갔으나
담배 맛이 썼다

봄이 오고 있었다.

멸치덕장에서

저 지리멸렬(支離滅裂)
푸른 천막의 멍석 위에서 대가리가
대가리를 베고
꼬리가 꼬리를 베고
자빠진 지리멸렬
머리가 꼬리를 끌어당기며
꼬리가 머리를 밀치며
움츠린 자세로 지리멸렬
모로 누운 놈과
돌아누운 놈과
허리를 움켜잡고 지리멸렬
방금 손톱깎이에서 튕겨 나온 손톱같이
엄지손톱같이 검지손톱같이
지리멸렬 쓰레받기 위의 손톱같이
제각각 가장 불편한 자세로
특별히 개성적인 자세도 아니면서
제각기 다른 자세로
가장 불편한 자세로 지리멸렬

한 광주리에서도
한 상자에서도
대가리가 대가리를 베고
볶기도 전에 먼저 지리멸렬.

삼월

니 와이카노
나는 이제 봄 햇살인데
너는 지금 그렁그렁 눈물 지우며
젖은 꽃잎을 하나씩 하나씩
목련같이 떨어뜨리고
와이카노, 와이카노
니 와이카노
나는 지금 막 니 곁에 왔는데
너는 젖은 손수건을 목련꽃같이
자꾸만 내 발 밑에 떨어뜨리고
나보고 어떡하라고
나보고 어떡하라고
나는 이제 막 봄 햇살인데
그렁그렁
눈물 젖은 손수건을 홀쩍이며
니 와이카노
니 와이카노.

제 4 부

누가 나에게 꿀밤을 쥐어주나

불알이 떨어질라 달리면
세상 밖으로 쭉쭉
나아가는 줄 알았다.
그대로 결승점에 도달하는 줄 알았다.
정년을 몇 년 앞두고
문득 돌아보니 그저 제자리다.
다람쥐 한 마리가
열심히
쳇바퀴를 돌리고 있었다.

누가 나에게 꿀밤을 쥐어주나?
저 떫은맛.

새가 날자 날이 저물고

늙수그레한 아줌씨가 봄나물을 팔려 장에 나왔는디
냉이와 쑥을 놓고 따로 팔았는데
하릴없이 지나던 명태 씨가 개구쟁이
장난기가 발동하여 좌판에 앉았는데
"아줌씨 쑥 넣으면 얼마요?"
"일천오백 원"
"쑥 빼면 얼마요?"
"일천 원"
명태 씨가 재미를 붙여 또 묻는데
"아줌씨 쑥 넣으면 얼마요?"
"일천오백 원"
"쑥 빼면 얼마요?"
"일천 원"
명태 씨가 재미를 붙여 또
'쑥 넣으면 얼마요?' 하니
아줌씨 눈을 부라리며 한 말씀
"이눔아 그만 넣었다 빼라"
"물 나온다"

늙수그레한 아줌씨가 봄나물을 팔려 장에 나왔는디
어중이떠중이 갈 사람은 다가고
새가 날자 날이 저무는 황혼녘.

열여덟 복사꽃같이

아흔 살 할머니가 목욕탕에 갔는데
빨간 때밀이타월로 때를 미는데
여든 살 할머니가 옆에 와 앉았다.
남들이 보기에는 자매 같아서
다정히 자매 같아서 보기 좋았는데
빨간 때밀이 타월로 때를 밀다가
아흔 살 할머니가 옆을 보며 물었다.
거기는 올해 몇인기요?
여든 살 먹은 할머니는 부끄러워하며
올해 간당 팔십이라고 말하고
빨간 때밀이타월을 꺼내는데
아흔 살 먹은 할머니가 말했다.
그래 놓으니 새댁이 참 곱다.
여든 살 먹은 할머니는 빨간
때밀이타월을 들고 호호 웃는데
부끄러워하며 호호 웃는데
더운 김이 무럭무럭 호호 웃는데
아흔 살 먹은 할머니가

여든 살 먹은 할머니를 곱다 말하니
온 목욕탕에 더운 김이 무럭무럭
빨간 때밀이타월이 호호 웃는데
온 목욕탕이 호호 웃는데
거기는 올해 몇인기요?
열여덟 복사꽃이 환하게 폈다.

살구씨로 야시를 꾀고

명태 씨 아내와 차를 타고 길을 나섰는데
간밤의 일이 자꾸 걱정되고
여자 후배와 한잔 한 일이 걱정되고
아무 일도 없었는데 자꾸 걱정되고
차에 태워 집에 데려다준 일이 걱정되고
아내의 말에 근성으로 대답하다 문득
못 보던 하이힐 한 짝이 눈에 들어오고
명태 씨 괜히 숨이 가빠오고
간밤에 마신 술이 달아오르고
얼굴이 뻘겋게 달아오르고
아내가 한눈파는 사이에 얼른 집어
창문을 여는 척 창밖으로 던져 버리고
겨우 가슴을 진정시키고 휴
큰 숨을 쉬고 마음을 안정시키는데
문득 아내가 말을 걸어오고
말을 하다 말고 아내는 발등을 내려다보고
한참을 이리저리 두리번거리고
문득 명태 씨에게 물어오는데

—저기 내 신발 한 짝 못 보셨어요?
명태 씨 얼굴이 다시 달아오르고
간밤의 일이 자꾸 걱정되고
여자 후배와 한잔 한 일이 걱정되고
차에 태워 집에 데려다준 일이 걱정되고
아무 일도 없었는데 자꾸 걱정되고.

앵두밭 들어갈 때 마음 다르고 나올 때 마음 다르고

시어머니 과부와
며느리 과부가 길을 나섰는데
문득 강을 만나 이쪽에서
사공, 사공 배를 부르는데
배는 손바닥 조각만 하고
물을 건너온 사공은 불한당 같은데
배가 작아 한 명씩 건너야 하는데
먼저 며느리가 배를 탔는데
과부시어머니가 당부하기를
"얘야 몸조심 하거라" 하고
배가 건너편에 닿자마자 사공은
과부며느리를 올라타고
과부시어머니는 애가 타고
배를 건너온 사공이 다시
과부 시어머니를 올라타고
과부 며느리 몸이 타고
시어머니 과부와 며느리 과부가
다시 만나 길을 나서는데

시어머니 과부가 입단속을 하며
"애야, 어디 입 밖에도 내지 마라" 하고
며느리 과부는 힐끗 돌아보며
이젠 자기가 형님이라고
"자네나 조심하게" 하고
시어머니 과부와
며느리 과부가 다시 길을 나서는데
먼 데서 뻐꾸기 소리
뻐꾸기 소리.

밥을 먹다 숟가락을 놓고

열심히 일한 머슴이
주인의 중매로
식모와 결혼을 하게 되었는데
신랑 신부가 되었는데
꿈같이 첫날밤을 맞아
무를 뽑아 총각김치를 담그는데
파김치가 되도록 김치를 담그는데
그 맛에 반한 신부가
매워서 호호거리는데
자꾸 맵다고 호호거리는데
신랑이 자꾸 그러면 누가 듣고
좀 달라고 그럴까 걱정하는데
이번엔 배추김치를 담는데
신부가 쌈을 싸서 한입 먹이는데
신랑도 맵다고 호호거리는데
신부도 걱정이 되어
누가 듣고 좀 달라고 그럴까
걱정되는데 자꾸 호호거리면

좀 달라고 그럴까 걱정되는데
열심히 일한 머슴이
주인의 중매로
식모와 결혼을 하게 되었는데
신랑 신부가 되었는데
파김치가 되도록 김치를 담그는데
신랑 신부가 맵다고 호호거리는데
밖에서는 주인 영감이
주인마님 손을 잡고
침을 꿀꺽꿀꺽 삼키는데.

문틈으로 보다가 문 열고 보니

그랑께, 아내가 동창회를 간다 하네
생각도 없이 뭐가 필요한가 물었거든
생뚱맞게 명품가방이라 그랬거든
생각도 없이 한 말에 카드를 그었거든
나는 참 기특하다 생각했거든
돌아오면 뭐 좋을런가? 했거든
해도 한참 남은 저녁에
문을 왈칵 열고 아내가 들어오거든
동창회를 벌써 마쳤나 물었거든
대답도 없이 쑥 들어가 버렸거든
와이카노, 문틈으로 물었거든
뭐 가방이 맘에 안 차 그런가? 했거든
그랑께, 휙 돌아앉으며 한마디
이 나이에 영감 있는 년은 나뿐이랑께!
얼마나 숨이 콱 막혀왔는지 모르거든
그랑께, 아내가 동창회를 간다면
생각도 없이 뭐가 필요한가 묻지 말든지
생뚱맞게 명품가방이라 못 들은 척하든지

생각도 없이 카드 긋지 말든지
뭐 좀 좋을런가? 기대하지 말든지
뭐라 그래도 묻지를 말든지
아무 말도 묻지를 말든지
아직 해가 남은 저녁에는
해가 아직 한참 남은 저녁에는.

명태 한 마리 놓고 딴전 보는데

한 서른너댓 된 떠꺼머리 경상도 총각이
어쩌다 노래방에 가 노래 한 자락을 배웠는데
다 까먹고 첫 소절만 겨우 외워 와서는
"언제 까지나 언제 까지나"
틈만 나면 흥얼흥얼 노래를 부르는데
아침에 일어나 세수하고 나오다 부르고
"언제 까지나 언제 까지나"
밥 먹고 양치질하다 부르고
일하다 말고 부르고
새참을 앞에 놓고 부르고
"언제 까지나 언제 까지나"
점심 먹고 부르고
담배 한 대 하다 부르고
샤워하다 부르고 닦고 나오며 부르고
"언제 까지나 언제 까지나"
틈만 나면 흥얼흥얼 노래를 부르는데
칠십 노모가 듣다 듣다 가슴이 갑갑하여
한 말씀 하시는데

이놈아, 장가만 가면 돼
장가만 가면 돼, 하고 거드는데
반 푼 떠꺼머리 경상도 총각은
노래방에 가 배운 노래 한 자락을
다 까먹고 첫 소절만 겨우 외워 와서는
"언제 까지나 언제 까지나"
틈만 나면 흥얼흥얼 노래를 부르는데.

녹피(鹿皮)에 가로 왈

삼복의 더위에 날은 푹푹 찌는데
친구 다섯이 오랜만에 모여
보신탕집엘 갔는데 그 집은
삼계탕과 보신탕 두 가지를 하는데
보신탕집 주인장이 주문을 받는데
—여기 개 아닌 사람 손드세요?
아무도 손을 들지 않자
—다섯 명, 모두 개 맞죠?
모두 머쓱하니 앉았는데
삼복의 더위에 날은 푹푹 찌는데
초복인지 중복인지 모르겠는데
친구 다섯이 오랜만에 모여
개를 먹으러 갔는데
보신탕집 주인장이 주문을 받는데
—여기 개 아닌 사람 손드세요?
아무도 손을 들지 않자
—다섯 명, 모두 개 맞죠?
다섯 명 모두 개가 되었는데

팥죽 같은 땀을 뻘뻘 흘리며
다섯 명 모두 개가 되었는데
개를 먹으러 갔는데
멍멍 짖지 않는 뚝배기
줄줄 땀 흘리는 숟가락.

장구채 대신 머리채 잡고

아내와 남편이 집을 나섰는데
눈은 펑펑 내리고 길가엔
네온사인이 가로수를 밝히는데
징글벨 징글벨 크리스마스를 부르는데
약속 시간은 늦어지는데
길이 자꾸 미끄러지는데
신호등은 아직 빨간불인데
약속 시간은 자꾸 늦어지는데
남편이 급한 마음에 그만
무단횡단을 하는데
차들이 빵빵거리는데
한 운전수가 창문을 내리고는 마구
눈보라처럼 욕설을 퍼붓는데
—야 이 바보 멍청아,
—이 바보 떨거지 같은 놈
남편은 말없이 길을 빨리 가는데
아내가 급히 다가 와 팔짱을 끼며
의외로 다정한 목소리로 묻는데

―자기 아는 사람이야?
―어쩜 자기를 그렇게 잘 알아?
네온사인이 가로수를 밝히는데
아내와 남편이 집을 나섰는데
눈은 펑펑 내리고 길가엔
징글벨 징글벨 크리스마스를 부르는데
약속 시간은 늦어지는데
길이 자꾸 미끄러지는데.

마당 빌려 안방에서 놀고

어느 동자승이 한밤중에 뒤가 마려워
잠을 깨 해우소로 갔는데
갔다 오다 배가 고파 공양간에 들렀는데
제물로 준비한 씨암탉을 뜯어먹었는데
뜯어먹다가 큰스님이 제를 지내러 온 보살님과
응 응 배씨름을 하는 것을 보고 말았는데
다음 날 큰스님이 대중들을 모아놓고
어젯밤에 씨암탉 뜯어먹은 놈 나와 하고
동자승은 뒷자리에 앉았다가 손을
번쩍 들고는 잘 안 들립니다, 하고
큰스님 더 큰 소리로 어젯밤 씨암탉
뜯어먹은 놈 나와 하고 동자승은
또 손을 들고 잘 안 들립니다, 하고
화가 난 큰스님이 동자승을 불러
너 나와, 하고는 동자승 자리에 가 앉았는데
동자승은 앞에 나와 큰 소리로 어젯밤에
공양간에서 응 응 배씨름 한 놈 나와 하고
큰스님은 무안하여 잘 안 들립니다, 하고

동자승은 더 큰 소리로 어젯밤에
공양간에서 응 응 배씨름 한 놈 나와 하고
큰스님도 더 큰 소리로 잘 안 들립니다, 하고
아침공양 범종은 울고
씨암탉은 온 데 간 데도 없고
모든 귀는 잘 안 들리고.

낮말은 새가 듣고

토요일이었고 남편이 누워 TV를 보는데
아내는 자꾸 TV 앞에 얼쩡거리고
남편이 참다 참다 한마디 하는데
—어디 김장독만 한 엉덩이를 자꾸
아내는 화가 나서 휙 돌아보는데
남편은 그 꼴을 보고 다시 한마디 하는데
—다시 봐도 김장독이네
아내는 잠자코 베란다로 나가는데
묵묵히 빨래를 개키는데
이윽고 저녁이 와서 밥을 먹고
같이 잠자리에 들었는데
남편이 무슨 생각이 있어 자꾸
아내를 찝쩍대는데 글쎄
아내가 몸을 틀어도 계속
찝쩍대는데, 그러자 아내가 한마디
힘주어 한마디 하는데
—어이! 이 양반아 그 쪼그랑 알타리 무로
—총각김치 담겠다고 김장독을 열 순 없지

토요일이었고 아무 할 일도 없었는데
아내는 자꾸 TV 앞에 얼쩡거리고
남편이 참다 참다 한마디 했는데
저녁이 왔는데 낮 새가 울고
알타리 무로는 김장을 할 수도 없고
남편은 자꾸 작아지는데.

가로등이 없어도 마을버스는 달리고

해가 지자 도둑처럼 어둠이 몰리는 시간
긴 머리 처녀는 타자마자 조는데
누군들 지치지 않겠느냐 마을버스는 달리고
이 시간 같은 차를 타는 것은 인연
학교 앞에서 잠시 섰다 중학생이 타고
졸다 깬 처녀가 중학생 책가방을 받아
어린 아우를 보듬듯 무릎 위에 포근히
안아주는데 차는 계속 달리고
잠시 멈춰 중학생이 내리고 할머니가 한 분
서산 노을같이 굽은 등을 업고 겨우 처녀 앞까지 왔는데
이 시간 같은 차를 타는 것은 인연
—할머니 여기, (처녀가 자리를 양보하는데)
—고맙기도 하지, (할머니가 자리를 잡자)
누군들 허리 굽지 않았느냐 마을버스는 달리는데
다시 차가 멈추자 처녀는 내리고 다시
체구보다 더 큰 보퉁이가 올라탔는데
할머니 앞으로 큰 보퉁이가 어기적 어기적
밀려오는데 보퉁이를 내려놓으니 자그만 영감이

매운내를 풍기며 서 있는데, 차는 달리고
할머니는 일어서기도 뭐하고 보퉁이를 안자니
뭐하여 물어보는데, 영감은 딸네 집에 가는
길이라고, 태양초 스무 근이라고 대답하는데
이 시간 같은 차를 타는 것도 인연
할머니 자리를 양보하려 하는데
자그만 영감이 만류하는데
—저기 다리만 조금 벌려주면
할머니가 자리를 틀어 다리를 옮기자
—고추는 내가 넣지요
손잡이를 잡고 할아버지 흔들거리는데
누군들 어둡지 않겠느냐 마을버스는 달리는데
이 시간 같은 차를 타는 것도 인연.

갈치 싼 봉지는 갈치 비린내 나고

서울내기가 어쩌다 경상도 처녀를 만나
얼떨결에 결혼을 하게 되었는데
비행기 타고 제주도로 신혼여행을 가서는
저녁이 되어 첫날밤을 맞았는데
먼저 신부가 샤워를 하고
뒤따라 신랑이 씻고 나오는데
스킨을 바르고 신부 옆에 앉는데
경상도 신부가 말했겠다.
"참 존내 나네, 예."
이 서울내기는 잘 못 듣고
무슨 냄새가 난다고 다시 들어가 씻고 나와
조심조심 또 신부 옆에 다가앉는데
경상도 신부가 다시 말했겠다.
"더 존내 나네, 예."
그래서 그만 에라 모르겠다. 돌아누워
첫날밤을 보내고 다음 날
아침을 먹는데 성질이 나서
밥만 우걱우걱 퍼 넣는데

경상도 신부가 또 말했겠다.
"씹도 안 하고 잘 드시네, 예."
서울내기가 어쩌다 경상도 처녀를 만나
하! 기도 안 차서 허겁지겁 돌아오는데
서울내기는 서울내기대로
경상도 처녀는 경상도 처녀대로
돌아오는 차가 갑갑하고,
비행기는 연착이 되고.

그래, 까마귀 대가리는 희거든

왕년에는 나도
너도나도
말끝마다 왕년에는 나도
그래, 왕년 없는 사람 어딨어?
말끝마다 왕년, 왕년
그래, 개천에서 용 나거든
용용 죽겠지. 아니 땐 굴뚝에도
연기 나거든. 안방의
장롱에서는 금송아지가 연일
새끼를 치거든. 한 마리 두 마리
세 마리. 그래, 까마귀 대가리는
희거든. 왕년에는 나도
개천에서 용 나거든
용용 죽겠지. 까마귀 날자
배 떨어지거든. 사과도
떨어지거든. 국광이나 홍옥
어쩌면 골든델리셔스. 아삭하니
씹는 맛이 일품인 골든델리셔스

그래, 왕년 없는 사람 어딨어?
나도 한때는 청춘
맨발의 청춘. 개천에서
미꾸라지나 잡으며
용꿈을 꿨지. 용 나겠지
용꿈 안 꾼 놈 어디 나와 봐
왕년에는 나도 안방의
장롱에서는 금송아지가 연일
새끼를 치거든. 한 마리 두 마리 세 마리
네다섯 마리 대여섯 마리
까마귀 대가리는 늘 희거든.

| 해설 |

초로(初老), 생의 범속함에 대한
환멸과 일상의 승화

김경복(문학평론가, 경남대 교수)

　서늘하다. 시가 이렇게 소름이 돋을 정도로 시리고 스산해
도 되는 것일까. 마음이 처연해져 대기마저 참참해지는 것을
느낀다. 한 편의 시 앞에 이르러 내 삶도 이미 저만큼 기울었
겠거니 하는 탄식과 함께 얼핏 쓸쓸함이 오소소 살얼음으로
뜨는 것을 바라본다. 시는 저렇게 나의 의식에 실존적 감각
을 부여하며 현재의 나의 삶을 되짚어 보게 한다.

　그렇게 보면 시는 언제나 내 현실의 처지를 알게 하는 계
측기인 셈이다. 그중에서도 자기의 맨 얼굴을 들여다보게 하
는 거울 같은 것이다. 성선경 시인의 시 한 편에 이르러 삶을
실감으로 느낀다는 것이 얼마나 가치 있는 것인지를 생각해
본다. 그 시는 이렇다.

　　명예퇴직서(名譽退職書)를 앞에 두고
　　끝까지 가지를 움켜진 단풍잎같이 붉어져 볼 것인가

풀잎에 내린 찬이슬같이 끝까지 매달려 볼 것인가
놀란 자라목같이 밤새 주름진 생각의 관절들이
우두둑 우두둑 뼈마디 꺾이는 소리를 낸다.

생각에도 마디마디 꺾이는 관절이 있어
뚝뚝 팔목 꺾이는 소리가 들리는가.

생각해 보면 빈속들이 대나무같이 마디를 만드는 갑다.
생의 길은 가르마같이 늘 한가운데 있다는데
소금장수 우산장수 두 아들을 둔 늙은이같이
이러지도 못하고 저러지도 못하여 마음을
자꾸 문지르자 종이쪽같이 나달나달해져서

한로(寒露), 가을 연잎같이 찬이슬이 이마에 맺힌다.

생각하면 한로(閑老)
나도 한가로이 늙어 갈 수 있을 것인가?

—「한로(寒露) -석간신문을 읽는 명태 씨」 전문

 참, 쓸쓸한 시다. "명예퇴직서"를 쓸까 말까 망설이는 어
느 늙수그레한 한 가장의 얼굴이 떠오른다. 그는 생활을 위
해 "끝까지 가지를 움켜진 단풍잎같이 붉어져 볼 것인가/

풀잎에 내린 찬이슬같이 끝까지 매달려 볼 것인가"하는 마음도 먹어보지만, 곧 단풍은 기어이 떨어지고야 말고 찬이슬은 금방 말라버릴 것이 진실이기에 캄캄하기 짝이 없는 현실을 눈앞에 두고 있다. 시적 화자는 어느새 자신이 이 지점까지 왔는지 놀람으로써 생각에도 관절이 있는지, 그것도 "주름진 생각의 관절들이" 있는지 알게 되고 그것들이 "밤새" "우두둑 우두둑 뼈마디 꺾이는 소리를 내는" 것을 듣는다. 듣는 것은 보이지 않는 데서 무엇인가 들려온다는 것을 말함일 테니, 자신이 미처 알지 못했던 자신의 저 깊은 내면의 허방에 잠재해 있던 마음을 본다는 의미일 것이다. 그것이 "뚝뚝 팔목 꺾이는 소리"로 들려온다면, 아니 "뚝뚝 팔목 꺾이는" 모습으로 보인다면 얼마나 두렵고, 서럽고, 아프지 아니하겠는가.

『사기열전』에 나오는 오자서가 부모의 복수를 위해 애쓰는 가운데 가졌던 심정, 즉 "갈 길은 아직 멀었는데 해는 저물어 마음속에 지극한 아픔이 어리네의 일모도원 지통재심(日暮途遠 至痛在心)"의 마음으로 탄식하는 것과 무엇이 다를까. 시적 화자는 "이러지도 못하고 저러지도 못하여" 기껏 하는 일로 "마음을/ 자꾸 문지르자 종이쪽같이 나달나달해지"는 것을 바라만 볼 뿐이다. 마음 그 자체가 정처 없음을, 덧없기 짝이 없음을 확인할 뿐인 것이다. 이때 생의 실존적 감각으로서 시적 화자에게 "한로(寒露), 가을 연잎같

137

이 찬이슬이 이마에 맺힌다."가 등장한다. 이마에 맺히는 찬 이슬, 그것은 힘 빠진 가장이 느낄 법한 식은땀의 정체일 수도 있고, 애타는 마음의 상징일 수도 있다. 어쨌든 시적 화자는 "빈속들이 대나무같이 마디를 만드는", 즉 삶이 각박해지는 지점에 이르러 차디찬 기운을 온몸으로 느끼고 있다는 것인데, 그것을 시인은 '한로(寒露)'라는 어휘에 적절히 접맥하고 있다. 아마 시인 자신이 바로 이와 같은 절기, 즉 늦가을에서 겨울로 가는 시기처럼 자신의 생애가 이제 장년에서 노년으로 기울고 있음을 드러내고자 한 것은 아닐까?

그것이 더욱 설득력 있는 까닭은 시적 화자로 분한 시인이 "생각하면 한로(閑老)/ 나도 한가로이 늙어 갈 수 있을 것인가?" 하고 '한로'에 약간 중의적 언어유희를 벌이지만 늙어감에 대한 인식과 애상감을 동시에 드러내는 데서 알 수 있다. 전반적인 시의 맥락으로 볼 때 시적 화자는 한가롭게 늙어가지는 못할 것으로 보인다. 왜냐하면 비록 명예퇴직서로 시작(詩作)의 발상이 비롯되었지만 이 시 속에는 생활의 문제를 벗어난 존재의 무상함이 더욱 깊이 있게 환기되기 때문이다. 늙어감에 대한 현실적 곤란과 함께 존재의 무력함에 대한 깊은 슬픔이 이 시 속에 배어들어 있어 시를 보는 독자로 하여금 슬프고, 처량한 감정을 불러일으키다 끝내는 죽음이라는 문제와 부딪치게 하여 서늘하고, 두

려운 고통을 주고 있다. 그 울림의 끝자리에서 나 또한 이 슬픔과 두려움을 이겨내려 여러 날들을 얼마나 무심해지려 애썼던가.

성선경 시인의 이번 시집은 바로 늙어감의 문제와 관련된 존재의 불가항력적 슬픔과 무력함을 그의 현실적 감각으로 아로새겨놓아 일정 부분 보는 사람으로 하여금 고통스럽게 한다. 그러나 그 고통이 바로 일상의 무료하고 무미건조함을 깨뜨려 우리의 살아 있음을 느끼게 하고, 보다 어떤 방식으로 삶을 살아갈지에 대한 통찰의 계기로 작용한다면 기꺼이 감수해야 할 아픔이 아닐까? 상상력의 미학자 바슐라르가 말한 바 있듯이 시가 울림을 갖는다는 것은 바로 독자의 마음에 들어가 자신의 타성화된 현존성을 파기하고 새로운 존재로 다시 태어나게 한다는 것을 의미한다. 그렇다면 이와 같은 고통은 새로운 영혼을 가진 존재로의 탄생을 알리는 표지와 다름없는 것일지니 즐겨 시인이 주는 고통에 동참할 필요가 있을 것이다. 그 점에서 이번 시집 곳곳에 출몰하는 성선경 시인의 고뇌에 찬 중얼거림을 자신의 존재성과 관련된 삶의 문제로 귀 기울여 들어보는 것은 또 하나의 삶을 살아보는 것으로 값진 것이라 하지 않을 수 없다. 그 일을 위해 우리는 성선경 시인이 그의 나이 쉰을 넘어가며 자신의 생세계에 부여했던 시적 풍경 속으로 들어가 볼 일이다.

시간, 그 불가항력적 폭력과 소멸의 형식

서늘하다는 것은 기온이 내려간다는 것이다. 이는 계절로 볼 때는 겨울의 등장을 말하는 것이겠고, 인생으로 볼 때는 늙음의 시작을 말하는 것이겠다. 확실히 늙어간다는 것은 기력이 빠지고 온기가 빠져 무력함과 서늘함이 존재의 본질로 표상될 법하다. 이번 성선경 시인의 시집에서 시간의 경과에 따른 늙음의 문제는 시집 전반을 아우르는 현실적 고민의 대상이 되고 있다. 그런데 가만히 살펴보면 그 늙음의 문제라는 것이 결국 존재의 변화의 문제를 가리킨다는 점에서 '시간'이라는 것이 사색의 초점이 되지 않을 수 없는 것을 보게 된다. 왜냐하면 시간이야말로 존재의 무력함과 애통함에 기반한 서늘함의 감각을 가장 잘 보여주는 대상이기 때문이다. 성 시인은 자신의 존재성의 변화에 따른 현실적 감각을 통해 바로 이 존재의 본질적 질료와 형식으로 주어진 시간의 문제를 아프게 이번 시집에 각인하고 있다. 그 면면들을 보면 다음과 같은 것들이지 않을까.

이젠 나도 내리막길인데 아직 내 눈엔
꽃은커녕 한눈파는 것도 쉽지 않다
어쩜 한눈파는 것이 정말 삶이고 인생인데

내려가는 길이 너무 가파르고 경사가 져

나무를 보고 꽃을 보는 일

아직은 내게 너무 어려워

자주 몸이 기우뚱하고 발이 꼬인다

       ―「하산(下山)-석간신문을 읽는 명태 씨」 부분

나는 낡은 기타

이젠 소리통도 관절염을 앓는데

네게로 가는 생각

긴장이 늘어진 빨랫줄 같은데

(…)

너는 호호 묻는 오선지

나는 무덤덤 낡은 기타.

       ―「탄현(彈絃)-석간신문을 읽는 명태 씨」 부분

가장 고통스런 꽃샘의 끝에 봄꽃이 피듯이

가장 화창한 봄날에 꽃잎이 꿈같이 지듯이

아내보다 더 어른스런 말을 하는 딸 앞에서

나보다 더 어른스런 행동을 하는 아들 앞에서

우리는 주눅이 들 듯 늙는다

　　　　　　　　　　—「만추(晩秋)-석간신문을 읽는 명태 씨」 부분

　이 세 편의 시에서 우리는 시인이 인식하는 늙음의 의미
를 살펴볼 수 있다. 「하산(下山)-석간신문을 읽는 명태 씨」에
서 그것은 "내리막길"로 나타난다. 늙음은 조금 과장하면 굴
러 떨어질 듯 내려오는 것이다. 즉 죽음으로 중력이 강하게
작용하는 것을 상징하고 있다. 「탄현(彈絃)-석간신문을 읽
는 명태 씨」에서 늙음은 "낡은", 그리고 "긴장이 늘어진" 것으
로 나타난다. 낡음은 쓸모없어짐으로 통하고, 늘어짐은 생의
탄력을 가진 상태로 돌아가지 못함으로 이어진다. 모두 삶의
활기를 잃고 폐기되어 가는 존재란 의미를 갖는다. 「만추(晩
秋)-석간신문을 읽는 명태 씨」에서 늙음은 "봄꽃이 피듯이/
가장 화창한 봄날에 꽃잎이 꿈같이 지듯이"의 비유로 나타난
다. '봄꽃이 피었다 지는' 현상은 존재의 탄생과 소멸에 대한
의미를 암시하는 것인 만큼 죽음을 환기는 표지로 쓰이고 있
다. 모두 늙음에 대해 활성을 잃은 존재가 파괴되어 가는 형
상성을 부여하고 있다. 그것은 결국 죽음의 문제와 결부하여
늙음의 문제를 생각하고 있음을 알 수 있다.
　물론 이 시들에서 늙음의 문제가 죽음의 문제만을 가리키
고 있다고 말할 수는 없다. 「하산(下山)-석간신문을 읽는 명
태 씨」에서 늙음은 "아직은 내게 너무 어려워/ 자주 몸이 기

우뚱하고 발이 꼬인다"하며 제대로 삶을 살아내지 못하는 무력함 내지 곤궁함을 암시하고 있다. 그렇지만 이는 늙음이라는 중력하에 놓인 존재, 즉 굴러떨어지는 상황에 처해 현기증을 앓는 존재가 가질 수밖에 없는 현상을 가리키고 있다면 이는 죽음에 대한 공포와 생활의 무력함이 그리 먼 거리가 아님을 가리킨다. 그 점은 다른 시들의 경우도 마찬가지다. 「탄현(彈絃)-석간신문을 읽는 명태 씨」에서 보이는 "이젠 소리통도 관절염을 앓는" 형상은 늙음에 따른 현실적 고통의 표지이기도 하지만 '앓음'이 결국 생의 활기와 탄력을 잃어버림에 의해 발생하는 현상이듯이 죽음을 이끌어내는 병의 표지로 볼 수 있는 것이다. 「만추(晩秋)-석간신문을 읽는 명태 씨」에서 보이는 늙음의 성질, 곧 "주눅이 드"는 것은 늙음의 처지이자 죽음의 암시로 읽힌다. 주눅 든다는 것은 그 어원적 뜻이 움츠려든다는 것이니 늙음에 따른 자신 없음을 뜻하는 곤궁의 상징이기도 하지만 이것도 삶의 활성을 잃고 존재의 폐기로 흘러감을 암시한다는 점에서 죽음을 환기하는 상징이기도 한 것이다. 그렇게 본다면 시인은 늙음의 문제를 말하면서 늙음의 현실적 고통 속에 놓인 존재의 본질적 문제, 즉 죽음에 관심을 두고 있는 것이라 생각해 볼 수 있다.

그것은 무엇을 말함인가? 그것은 시간이라는 질료가 우리 인간에게 얼마나 불가항력적인 낙인의 형식인가를 실감으로 느끼고 있다는 뜻이겠다. 시간에 처단된 존재라는 인식으로 말미암아, 시간 위에 태어나 시간 속으로 소멸해 들어가는 제 존재성의 무상함에 대해 시인은 안타까움과 연민으로 처연하게 바라보고 있다는 의미이겠다. 그러기에 이러한 시들은 조금은 처량한 어조로 표출된다고 볼 수 있다. 그런 점에서 시간의 폭력에 조금이라도 저항하기 위한 형식으로 다음과 같은 상상을 해보는 것은 당연하고도 의연한 것이기도 하지만 실상 내면을 들여다보면 더욱 애처롭기 짝이 없는 심회를 불러일으키는 일이 되고 만다. 그 시는 이렇다.

> 어디 손가락 하나 까딱 못하는 우리에게
> 봄날은 와서 누군가 박씨를 심는 언덕이 있다고 해도
> 다시 꽃피지는 못할 일
>
> 이제 남은 것은 조용히 풍화되는 일
> 여기가 화순의 운주사가 아니라도
>
> 나는 이제 누워 있는 부처다.
>
> ─「와불(臥佛)-석간신문을 읽는 명태 씨」 부분

이 시에서 늙음은 "어디 손가락 하나 까딱 못하는 우리"와 "다시 꽃피지는 못할 일"로 표현된 구절에서 알 수 있듯 비

활성과 비생성성을 의미한다. 그러면서 "이제 남은 것은 조용히 풍화되는 일"에 나타난 표현에 의해 늙음은 시간의 경과에 따라 조금씩 '풍화되는', 즉 사라져 가는 것을 뜻한다. 그 사라짐에 대한 안타까움으로 시인은 운주사 와불을 불러내어 바위 같은 단단한 존재로 시간의 풍화작용을 견디어볼 꿈을 꾸려고 "나는 이제 누워 있는 부처다"라고 호언(豪言)하고 있다. 어조는 의기양양(意氣揚揚)해 보이지만 손도 하나 까닥 못하고 누워 있는 부처가 되면 무엇 하겠는가! 시인 스스로 자신의 무기력함과 비생명성에 대한 자조적 언사를 내뱉고 있는 것으로 보인다는 점에서 이 시는 아이러니 양식이다. 호언 속에 감춰진 늙음에 대한 슬픔이 더욱 아프게 다가오고 있는 것이다.

그렇다면 시인은 몇 살부터 늙었다고 생각하고 있는 것일까? 시인이 생각하는 늙음의 나이는 아마 오십부터인 것 같다. 그의 시 구절에 "조용히 열었다 조심조심 닫는/ 나이 오십."(「누란(累卵)-석간신문을 읽는 명태 씨」)이란 표현을 두고 볼 때 '닫는' 이미지로서 오십이 인식되고 있어 이는 종말의 의미와 상통한다고 볼 수 있기 때문이다. 더욱이 '열었다 닫는' 데서 알 수 있는 것은 바로 이 이미지가 전환이자 계기라는 의미를 함축하고 있다고 본다면 앞에서 본 오르막길을 전제한 '내리막길'의 의미와 오십이란 나이의 의미는 동일하다고 볼 수 있는 것이다. 즉 죽음에 대한 감각의 시작이

자 죽음에 대한 인식의 구체적 시작이라는 의미를 가진다는 것이다. 또 다른 시에서 오십을 두고 "여자도 쳐다보지 않는 남자도 아닌/ 남자가 지천명, 바람에 펄럭입니다./ (…) / 뒷골목으로 선술집으로 남자도 아닌/ 남자가 남자인 것처럼/ 개꼬랑지같이 펄럭입니다/ 지천명 지천명 펄럭입니다."(「태극기가 바람에」)에서 볼 수 있는 것처럼 지천명에 이른 남자는 여자도 쳐다보지 않는 존재가 됨으로써 늙은 존재가 되었다는 인식을 드러내주고 있다. 여기서 지천명(知天命)이 공자가 자신의 오십의 나이를 두고 가리킨 명칭이란 것을 생각하면 시인은 지천에 깔린 보잘 것 없는 존재로 지천명의 남자를 장난스럽게 표현했다고 볼 수 있는 것이다. 여기서도 오십이란 나이는 부정과 몰락의 상징으로 쓰인다는 점에서 오십 이후를 늙음으로 여긴다고 생각할 수 있다.

때문에 이 시에서 문제는 풍화로 대변되는 시간의 작용이다. 그것은 폭력적으로 의식을 가진 인간 존재에게 가해온다. 가히 낙인이라 해도 좋을 모습이다. 그 힘에 불가항력으로 놓인 존재의 모습은 애처롭기 짝이 없다. 의식을 가진 존재일수록 그 압력의 자심함에 슬픔과 무력감이 더욱 심란하게 그려질 것은 분명하다. 자신의 존재성에 대해 자조와 실망의 언사를 내뱉게 되는 것은 어쩌면 당연한 감정일지 모른다. 다음 시들이 보이는 어조와 그 형상성은 바로 이를 말한다.

몸통 가득 모래를 담아두는 일
자주 헛발질로 헛도는 바퀴들을 위하여
미래를 예비하는 일
눈구멍과 콧구멍과 귓구멍을 다 막아버리고
아가리조차 꿰매어 차곡차곡 쌓아두는 일
이 일을 처음 시작한 이 누구냐
이 일을 처음 예비한 이 누구냐
스스스 흘러내리는 모래를 꽉 움켜잡고
나도 이젠 꽉 찬 포만.

　　　　　　　　—「모래주머니-석간신문을 읽는 명태 씨」 부분

낙타들의 발자국도 다 지워지고
머리를 흔들면 스스스
이리저리로 쏠리는 모래알들이
이쪽저쪽에다 언덕을 만들었다 무너질 뿐
이젠 새들이 울지 않아 얼마나 다행한 일이냐
물구나무같이 머리가 아래를 향하면
주루루루 쏟아져 내리는 시간만 흐르고
새가 울지 않는 이 정적 얼마나 다행한 일이냐
이젠 지끈거리는 두통이 없다
드디어 새는 울지 않는다.

　　　　　　　　　　　　—「모래시계」 부분

묘하게도 두 편의 시에 공통되는 점이 여럿 있다. 모두 늙어감에 의해 발생하는 무기력함과 존재의 무상함에 의해 소멸에 대한 공포를 자조적으로 드러내다 보니 그러한 현상이 발생하는지 모른다. 우선 두 편의 시가 모두 그 제재를 '모래'로 삼고 있다는 점이다. 「모래주머니-석간신문을 읽는 명태 씨」의 '모래주머니'나, 「모래시계」의 '모래시계'는 모래의 상징성을 통해 시인의 의식을 구체화해 보여주고 있다. 모래주머니는 "자주 헛발질로 헛도는 바퀴들을 위하여/ 미래를 예비하는 일"을 하는 사물이지만 "눈구멍과 콧구멍과 귓구멍을 다 막아버리고/ 아가리조차 꿰매어" 버린 처지로 시간이 감에 따라 "스스스 흘러내리는 모래"라는 유한적 존재로 등장한다. 명분이 좋다 하더라도 무기력하게 겁박된 상태로 소멸의 길을 걸어가야 할 존재로 그려진다. 문제는 시적 화자 역시 "스스스 흘러내리는 모래를 꽉 움켜잡고/ 나도 이젠 꽉 찬 포만."의 상태로서 모래주머니와 같다는 인식을 보인다는 점이다. 이는 모래라는 질료가 갖는 부서짐, 흩어짐, 흘러내림 등의 소멸의 이미지를 통해 시적 화자 자신이 무기력한 상태로 소멸에 이르게 될 것임을 환기시키고 있다고 볼 수 있다. '모래시계'의 대상도 이 점은 마찬가지다. 이 시에서 모래의 이미지도 "스스스/ 이리저리로 쏠리는 모래알들이/ 이쪽저쪽에다 언덕을 만들었다 무너질 뿐"이라는 형상성을 통해 분해와 붕괴의 소멸의 이미지와 의미를 만들어내고 있다. 시적 화자는 이런 모래의 이미지에 겹쳐 "물구나무같이 머리가 아래를 향하면/ 주루루루 쏟아져 내리는 시간만 흐르고"에서 볼 수 있듯 함께 흩어지고 산화되고 있다. 그런 점에서 모래의 질료와 그것이 만드는 이미지는 성 시인에게 늙음의 무력함과 소멸을 구체화하는 상징으로 의식화됐다고 판단된다. 여기서 참고로 볼 것은 시간 역시 모래와 같은 소멸의 이미지로 "주루루루 쏟아져 내리는" 질료로 인식하고 있다는 점이다. 시간의 횡포는 분해와 붕괴의 소멸의 이미지로 시인에게 새겨지고 있다.

두 번째는 전환의 이미지들이다. 「모래주머니−석간신문을 읽는 명태 씨」에서 "나도 이젠 꽉 찬 포만"이라 표현함으로써 '이젠'이 가지는 전환적 위기감을 노출하고 있다. 이제 더 이상 찰 일은 없고 부스러지고 흘러내릴 일만 남았다는 뜻이다. 이것은 존재가 소멸 국면으로 접어들었다는 것을 암시한다. 「모래시계」의 "이젠 새들이 울지 않아 얼마나 다행한 일이냐"와 "이젠 지끈거리는 두통이 없다/ 드디어 새는 울지 않는다."에 보이는 '이젠'과 '드디어'의 기능도 이 점은 마찬가지다. 전환의 내용들이 다행과 두통 없음으로 표현되고 있지만 실상 이것들도 전환적 위기감, 즉 불행한 상태와 비생명적 상황에 처해 있다는 것을 의미한다.

그 점에서 셋째, 표면과 이면의 뜻이 서로 다르게 나타난다는 점이 또한 공통적이다. 시의 의미의 측면에서 「모래주머니-석간신문을 읽는 명태 씨」는 표면적으로 미래를 예비하는 긍정적이고 충만한 존재로 모래주머니가 그려지고 있지만 실상 이면적으로 모래주머니는 시간에 겁박된 무기력하고 보잘것없는 존재로 등장하고 있다는 점이다. 「모래시계」 역시 표면적으로는 새들이 울지 않아 다행이고, 두통이 사라져 아픔이 없는 것으로 그려지고 있지만 내적 진실로는 존재의 본질로서 생명성을 잃고, 아픔에 무감각해져 가는 부정적 상태로의 진입을 고발하고 있다. 그런 점에서 두 시 모두 표면적 어조의 발랄함은 아이러니 양식에서 언급되는 어리석은 알라존의 목소리로서 시인이 비판하고 부정하고 싶은 현상적 상태를 의미한다. 현명한 에이런은 알라존의 목소리 뒤에 숨어 존재의 본질을 상실해 감으로써 무기력하고 무상하기만 한 삶의 슬픔을 되씹고 있다.

시간과 관련된 성 시인의 이러한 인식은 쉰을 넘은 그 자신의 현실적 삶을 매우 부정적으로 바라보게 한다. 늙어가는 삶은 점차 무르익어 가는 것이 아니라 쪼그라들고 타락하여 마지못해 살아가는 궁색한 모습으로 제시되는 것이다. 그것은 늙음의 또 다른 측면에서 특성, 즉 무기력함에서 오는 삶의 속물화에 대한 인식의 표출이다.

속물적 삶에 대한 환멸과 자기풍자, 혹은 일상성의 승화

이번 시집에서 지속적으로 그 태도를 유지하고 있는 것이
있다면 그것은 바로 빈정댐이다. 이것은 위에서 본 아이러니
시에서 자주 나타나고 그렇지 않은 시에서도 자기 환멸의
양식으로 출현한다. 가령 다음 시편이 이 경우 가장 대표적
인 작품이라 할 만하다.

> 삶이란 쥐보다
>
> 쥐머리보다
>
> 쥐꼬리에 매달리는 것
>
> 쥐꼬리만 한 희망과
>
> 쥐꼬리만 한 햇살과
>
> 쥐꼬리만 한 기대에 매달리는 것
>
> 우리를 움직이는 건 신(神)이 아니라
>
> 우리를 움직이는 건 오로지 쥐꼬리
>
> (…)
>
> 우리의 삶은 늘
>
> 저 가늘고 긴 쥐꼬리에 경배하는 것.
>
> ―「쥐꼬리에 대한 경배」 부분

이 시의 의미는 그렇게 어렵지 않다. 삶이란 것이 "쥐보다/

쥐머리보다/ 쥐꼬리에 매달리는 것"이란 말에 드러나 있듯이 하찮고 보잘것없다는 인식이다. 기껏 사람들이 취하는 형태라는 것이 "쥐꼬리만 한 희망과/ 쥐꼬리만 한 햇살과/ 쥐꼬리만한 기대에 매달리"어 살아가는 것으로 보기 때문에 무어 그리 큰 기대를 하고 살아갈 필요가 있을 것인가 하는 심리를 표출하고 있다. 이것은 어조 상 "우리의 삶은 늘/ 저 가늘고 긴 쥐꼬리에 경배하는 것" 같은 구절에서 볼 수 있듯 일정 부분 아이러니 양식을 띠고 있지만 전반적으로 보기에 이면적 진실이 따로 있다기보다 삶의 무력함과 타락함에 대한 환멸의 감정을 표출하는 것으로 보인다. 즉 "우리를 움직이는 건 신(神)이 아니라/ 우리를 움직이는 건 오로지 쥐꼬리"에서 간취할 수 있듯이 우리로 대변된 현대인들의 삶의 형태, 다시 말해 진리와 명분을 추구하지 않고 자신의 작은 현실적 이득에만 급급한 채 살아감으로써 진정한 가치를 상실해버린 삶의 행태에 대한 실망과 염증을 표현한 것으로 보이는 것이다. 그것은 물질적 가치의 숭배와 거기에 매몰되고 마는 범속한 삶의 형태에 대한 진절머리를 드러낸 것이라 할 수 있다.

이러한 타락한 현실에 대한 염증은 모든 사물의 형태도 부정적으로 보이게끔 한다. 가령 멸치 말리는 모습을 두고 "저 지리멸렬(支離滅裂)/ 푸른 천막의 멍석 위에서 대가리가/ 대가리를 베고/ 꼬리가 꼬리를 베고/ 자빠진 지리멸렬/ (…)

/ 제각각 가장 불편한 자세로/ 특별히 개성적인 자세도 아니면서/ 제각기 다른 자세로/ 가장 불편한 자세로 지리멸렬"(「멸치덕장에서」)이라고 말하게 되는 것도 삶의 타락에 대한 염증과 환멸이 세계에 투사된 것이라 할 수 있다. 사람들의 삶의 형태가 저 멸치들이 지리멸렬하게 뒤섞여 있는 것과 하나도 다를 것이 없다는 냉소와 부정의 감정으로 표출되는 것이다. 이러한 감정은 세계에 대한 순수한 열정이 사라진 자리에서 발생한다는 점에서 비루함과 누추함이 본질로 나타나는 늙음의 심정과 연동된다고 볼 수 있다.

문제는 이러한 속물적 삶의 형태가 나 이외의 사람들만의 것이 아니라 진정성을 추구하고자 하는 나의 일상에서도 당연한 현상으로 발현되고 있다는 인식이다. 시인은 자신의 현실적 문제로 일어나는 속물적 삶의 행태에 넌더리를 내면서 환멸의 감정을 숨기지 못한다. 그것이 이번 시집에서 성선경 시인이 보여주는 그 나름의 진정성 아닐까? 자신의 늙음에 대해 깊이 성찰을 하고 있듯이 늙음과 더불어 오는 속물적 삶에 대해 스스로 빈정대는 것은 어찌 보면 제 자신에 대한 깊은 반성으로 볼 수 있기 때문이다. 다음 시가 이를 여실히 보여준다.

오늘은 수요일이고
내일모레면 불타는 금요일

이야 이야오 이야 이야오

나는 다시 힘이 나고 용기가 솟는다.

희망이란 게 뭐 별건가?

우리에게 희망이란

코가 깨어져도 그만하면 다행

오늘은 14일 모레 글피면 봉급날

나는 다시 마음이 푸근해지고

가슴에 뭉게구름이 인다

이야 이야오 이야 이야오

올해는 그럭저럭 지나갈 테고.

내년이면 아들은 졸업반

나도 이젠 한시름 놓겠지?

이야 이야 이야 이야오

등록금 걱정은 안 해도 되는 게 어디냐?

나에게는 지금 수요일이 중요해

내일모레면 불타는 금요일

이야 이야 이야오

우리에게 희망이란

코가 깨어져도 그만하면 다행

오늘 내일은 그냥저냥 지나갈 테고

모레 글피면 신나는 토요일

아침 늦게 일어나 늦은 밥을 먹고

가까운 뒷산이나 오를까?
희망이란 뭐 별건가?
내년이면 아들은 졸업반
등록금 걱정은 안 해도 되는 게 어디냐?
나는 다시 힘이 나고 용기가 솟는다
이야 이야 이야오.

—「아주 꾀죄죄한 희망」 전문

이 시야말로 전형적인 아이러니 양식을 따르고 있다. 어조도 아주 밝고 쾌활한 화자가 등장하여 "희망이란 게 뭐 별건가?/ 우리에게 희망이란/ 코가 깨어져도 그만하면 다행"이라 자기최면을 걸며 마음의 안정과 위로를 통해 "나는 다시 힘이 나고 용기가 솟는다"고 하면서 "이야 이야 이야오." 기쁨의 함성을 질러댄다. 언뜻 보면 일상적 생활에 만족하는 소박한 현대인의 모습을 보여주고 있다고 할 수 있다. 표면적 화자는 휴일이나 월급날이 돌아오는 것에 기뻐하고, 곧 아들의 대학등록금을 내지 않게 되어 다행이라 생각하며, 큰 희망이 없어도 그저 살아가게 된다는 사실에 안도한다. 전형적인 소시민적 삶의 형태다. 이런 일상적이고 범속한 삶을 살아가는 모습을 두고 굳이 나쁘다고 할 것은 없어 보이기도 한다.

그러나 시인은 이러한 표면적 화자를 어리석은 알라존의 목소리로 만들면서 부정한다. 표면에 드러나는 시적 화자는

현실적 삶에 만족하며 자신의 존재성에 대한 진지한 성찰이
나 반성을 하지 않는다. 그럼으로써 보다 더 나은 삶이 무엇
인지, 오늘날 우리에게 본질로 주어진 결핍이 무엇인지 등
에 대한 사색이 없다. 그저 일상에 매몰된 채 동물과 다름없
이 본능대로 움직이는 존재에 불과할 뿐이다. 우리가 긍정적
으로 말하는 무욕과 초탈의 모습이 아니라 무관심과 아집에
충실한 이기적이고 본능적인 현대인, 더 나아가 사회적 소
통이 단절되어 그저 물질적 현상에만 관심을 두는 파편화된
현대인의 모습일 뿐이다. 속물적으로 소시민화되어 가는 자
신에 대해 시인은 진정한 가치와 존재의 본질에 대해 생각해
볼 것을 숨어 있는 에이런의 목소리로 주문하고 있다. 어떻
게든 현실적 삶에 안주하려는 자신의 타락하고 나약한 자세
에 대해 빈정대는 어조로 비꼬고 있는 것이다. 그 점에서 이
시는 자기풍자의 형식으로 매우 지적인 형태를 띤다.

　이러한 경향은 성선경 시인의 시적 도정으로 볼 때 조금
새로운 모습이라 할 만하다. 이전 시집에서는 이러한 일상을
다루고 있는 시들이 '서른 살의 박봉 씨'로 대표되는 서민적
삶에 대한 애환으로 나타났다고 한다면, 이번 시집에 와서
는 늙음의 문제와 함께 세상에 물들어 속물화되어 가는 자
신을 견딜 수 없어 하는 모습으로 나타나고 있다. 더욱 그
의식이 강화될 때는 가령 다음과 같은 시처럼 자기 환멸과
풍자로 허무주의로 치닫는 양상마저 보인다.

아내가 외출을 하니 명태 씨는 걱정이고
밤늦어 돌아오지 않으니 걱정이고
아내가 돌아오지 않으니 걱정이고
(…)
어디 일이 잘못 되었나 걱정이고
안방에서 부엌으로 왔다갔다 걱정이고
그보다 더 어디 백화점에라도 갔을까 걱정이고
백화점에 가 쓸데없이 카드를
팍 팍 긋고 있을까, 걱정이고

　　　　　　　　　　　　　　―「부엌에서 숟가락 하나 줍고」 부분

　시가 무미건조해지고 의식이 퇴화되어 가는 느낌마저 주
는 작품이다. 그 바탕에는 쓸데없는 걱정을 하는 속물화된
자아에 대해 "명태 씨"라는 동물의 이름으로 부르며, 자기
환멸 내지 자기 풍자를 꾀하는 데에 한 원인이 되고 있다. 이
시는 분명 의식 없이 돈만 걱정하는 속물화된 소시민인 시
적 자아를 비판하는 형식이지만 같은 말로 중언부언하며,
새로운 자기반성이나 의식의 심화를 가져오지 못한다는 점
에서 환멸과 염증만 강화된다. 거기에 언어적 표현이 중언부
언의 수다나 넋두리 같은 형식으로 느슨하게 풀어지고 있어
문제 제기마저 흐릿해지는 느낌을 준다. 이러한 방식을 우리
는 요설적(饒舌的) 글쓰기의 형태라 부를 수 있을 터인데, 이

것은 시인의 입장에서나 독자의 입장에서 의미의 심화보다
시 자체가 무기력함에 의한 허무함을 준다. 시의 창작 의도
자체가 속물적 삶에 대한 허무와 늙음에 대한 무상함에 의
해 발생하였던 만큼 우리 현대적 인간이 얼마나 비루해지고
누추해질 수 있나 하는 점을 보여주는 데에 놓여 있다는 점
에서 일정한 의의를 획득하고 있다. 그렇지만 이런 시는 추
(醜)의 미나 그로테스크한 상황을 확인하는 차원에서 그 감
상이 머물게 되는 만큼 공감이 폭이 작아짐을 경계해야 한
다. 시는 확인이 아니라 공감으로서 울림이 되어야 그 시적
위의(威儀)를 드러내니 말이다.

그 점에서 이번 시집에서 만담(漫談)이나 음담패설(淫談悖
說)로 이어지는 몇몇 시들은 무료한 일상의 삶들을 비틀어
보기, 또는 해학과 익살로 무미건조한 삶을 견뎌내기로 이
해되는 바가 있지만 그 울림은 다른 시에 비해 적다고 해야
될 것이다. 그런 점에 입각해서 본다면 이러한 허무적 태도
에 비해 엄정하게 일상적 현실에 매몰되어 가는 자신을 비판
하는 시쓰기가 더욱 울림이 크고 의미도 생산적이라 할 수
있다. 가령 다음과 같은 시가 그러한 경우일 것이다.

밥벌이는 밥의 罰이다.
내 저 향기로운 냄새를 탐닉한 죄
내 저 풍요로운 포만감을 누린 죄

내 새끼에게 한 젓가락이라도 더 먹이겠다고
내 밥상에 한 접시의 찬이라도 더 올려놓겠다고
눈알을 부릅뜨고 새벽같이 일어나
사랑과 평화보다도 꿈과 이상보다도
몸뚱아리를 위해 더 종종거린 죄
몸뚱아리를 위해 더 싹싹 꼬리 친 죄
내 밥에 대한 저 엄중한 추궁
밥벌이는 내 밥의 罰이다.

　　　　　　—「밥罰 —석간신문을 읽는 명태 씨」전문

　이 시는 자신의 속물적 삶에 대한 혐오의 마음에서 벗어
나 스스로 시비(是非)를 가리는 차원에서 자기 징벌의 마음
을 여실히 보여준다. 우리 모두 일상적 현실에서 수행하고
있는 밥벌이에 대해 "밥벌이는 밥의 罰이다."란 재미있는 정
의를 내리면서 "내 저 향기로운 냄새를 탐닉한 죄/ 내 저 풍
요로운 포만감을 누린 죄"에 대해 객관적 인식의 결과물의
내놓는다. 즉 내 삶에 있어서 "내 밥에 대한 저 엄중한 추
궁"으로 "밥벌이는 내 밥의 罰"로 존재했음을 자인(自認)해
보이는 것이다. 이는 자기 현실에 대한 성찰과 앞으로 살아
가야 할 삶의 태도에 대한 처방의 의미를 획득한다. 그 점
에서 유희적 언사가 보인다 하더라도 그때의 말장난은 우
리의 굳어버린 인식의 틀을 깨고 새로운 인식을 끄집어내기

위한 방편으로 쓰이고 있다고 할 것이다. 즉 우스꽝스런 행동과 언사가 고정관념과 상식에 붙잡혀 삶의 진실성을 놓쳐 버린 것에 대한 비판의 웃음으로 작용케 하고 있다는 의미가 된다. 이는 앙리 베르그송이 『웃음』이란 책에서 웃음이 바로 부자연스런 현상에 대한 징벌로 수정의 의미를 갖는다고 지적한 것처럼, 이번 시집에서 성 시인이 해학과 익살로 시쓰기를 수행한 것은 타락한 세계에 대한 징벌과 비판의 의미가 깃들어 있다고 해야 할 것이다.

이러한 웃음에 입각한 자기 징벌적 글쓰기는 「살구씨로 야시를 꾀고」를 비롯하여 이번 시집의 제목이 되고 있는 「석간신문을 읽는 명태 씨」 시리즈에 모두 반영되어 있다고 할 수 있다. 그 점이 이번 시집에서 보이는 시인의 정신적 염결성이자 시적 치열성이다. 까닭에 일상성이 꼭 속물적 삶으로만 가는 장(場)일 수는 없다. 성 시인에게 과거도 오늘이었고 내일도 오늘이 될 것처럼, 일상은 과거의 현실로 늘 시인에게 현실로 주어졌고 미래도 일상으로 다가올 것이라 점에서 무조건 부정만 하는 것이 능사는 아니다. 일상과 범속이 가치 있는 까닭은 거기에 우리의 삶과 존재의 내용이 깃들여 있기 때문이다. 그 점에서 일상에 대한 인식의 전환 내지 심화는 존재의 성숙을 위해 필연적으로 요청되는 사실이다. 이번 시집에서는 그 점이 그렇게 많이 탐색되었다고 할 수는 없다. 아마 시인이 지금 현실적으로 느끼는 삶의 무력감이나 환멸 등에 의해 대다수의 시들이 빈정댐과 아이러니한 모습을 보이고 있지만 삶이란 변하기 마련이고 정신적 성숙은 순간적으로 오는 것이기에 일상에 대한 인식의 변화는 곧 출현하리라 예상된다. 그렇지만 이번 시집에서 그 싹을 볼 수 있는 것이 보이는데 하나의 시편을 든다면 다음과 같다.

세상에서 제일 큰 소리도 우리 귀에 들리지 않지만
세상에서 제일 귀한 일도 눈에 보이지 않는 일
누가 봐도 그저 그런 사소한 일
해봤자 표 나지 않는 일 화분에 물 주는 일
아들과 둘이서 무슨 대화를 나누나 싶게
그저 시간이 나서 마주 앉아 차 한잔 마시듯
아무 말도 없이 물 조루를 들고 서성거리는 일
세상에 제일 중요한 대화는 말로 하는 게 아니지
그저 눈빛으로만
너도 여기 좀 봐!
응 새잎이 났네!
고개를 끄덕끄덕 다시 화분을 옮기고
물 조루를 들고 해봤자 표 나지 않는 일에
진지하게 시간을 내는 일 화분에 물 주는 일
아들과 함께 화분에 물 주는 일

세상의 눈에 보이지 않는 가장 귀한 일.

— 「아들과 함께 화분에 물 주기」 부분

이 시는 처음 보게 되면 앞의 시들처럼 일상에 매몰된 자아에 대해 비판하는 것으로 느껴진다. 그러나 다시 보게 되면, 그리고 여러 번 음미하게 되면 이중삼중의 의미망을 형성하고 있음을 발견하게 된다. 감상의 즐거움을 꽤 소소하게 느껴지게 하는 작품인 것이다. 이 시는 일차적으로 앞의 시들처럼 해석했을 때 "누가 봐도 그저 그런 사소한 일"에 빠져 있는 왜소화된 소시민적 삶에 대한 풍자로 읽힌다. 그러나 다시 보면 "세상에 제일 중요한 대화는 말로 하는 게 아니지" 등에서 일정 부분 삶에 대한 깨달음이 묻어나고, 그리하여 "아들과 함께 화분에 물 주는 일"이야말로 "세상의 눈에 보이지 않는 가장 귀한 일"일 수도 있겠다는 깨우침으로 읽히기도 한다. 그러다 다시 보면 이 시는 일상이 무료하다는 이야기로도 보이고, 그 일상 속에서 진실한 일을 찾았다는 체득으로 인해 일상이야말로 가장 소중한 것이라는 경구로도 보인다. 일상의 무의미로 치닫는 힘과 일상의 성화(聖化)로 치닫는 힘이 팽팽한 긴장을 주고 있는 이 시에 이르러 시의 복잡성과 미묘함을 새삼 느끼게 되는 것이다. 사소한 것이 가장 귀한 일이 된다는 것은 범속이 바로 성현(聖顯)의 장소가 된다는 『성과 속』의 저자 M. 엘리아데의 말과 상통하는 것이리라.

그 점에서 일상의 수용이 성스러움에 가닿는 지름길이 될 수 있음을 아는 것이 중요하다. 상상을 통해 일상 속에 잠들어 있는 성스러움의 발견이야말로 시적 진정성을 획득하는 한 방편이다. 이번 시집에서 성선경 시인의 기존 시집과 연결되며 가장 아름다운 시가 되는 다음 시에 이르러 우리는 일상의 승화의 문제를 인식할 수 있게 된다.

> 저 맑은 물에 쏘가리가 산다네
> 글쎄, 저 맑은 물에 어떻게
> 쏘가리가 산다네. 늘 뭉게구름
> 피어오를 것 같은 깊은 산 계곡
> 손을 담그면 푸른 물이
> 묻어날 것 같은 저 맑은 계곡에
> 쏘가리가 산다네, 할머니는
> 늘 허공 같은 얼굴을 하셨지
> 사람 마음 그 끝이 허공,
> 푸른 허공이라 하셨지
> 그 허공에도 쏘가리가 사는지
> 저 맑은 물에 쏘가리가 산다네
> 글쎄, 저 맑은 물에 어떻게
> 하고 생각하는 그곳에
> 어딜 감히 갑자기 손등을 쿡 쏘는

쏘가리가 산다네. 늘 뭉게구름
하나도 걱정 없는 뭉게구름
피어오를 것 같은 깊은 산 계곡
저 맑은 계곡에 쏘가리가 산다네
할머니는 늘 허공 같은 얼굴을
하고 계셨지. 사람 마음 그 끝은
허공. 푸른 허공이라 하셨지
그 허공에도 쏘가리가 사는지
글쎄, 저 맑은 물에 어떻게 하고
생각하는 그곳에 쏘가리가 산다네.

—「그곳에도 쏘가리가 산다네」 전문

생각해 보면 쏘가리가 사는 곳은 쏘가리에게 일상적 현
실일 것이다. 그러나 우리 인간의 관점에서 보자면 "글쎄,
저 맑은 물에 어떻게/ 하고 생각하는 그곳에/ 어딜 감히 갑
자기 손등을 쿡 쏘는" 존재로 표상되어 범접하기 쉽지 않은
상태에 위치한다. 쏘가리가 산다는 점에서 어떤 생명체에겐
일상이지만 다른 생명체에겐 그곳은 신성한 장소가 된다.
그런데 이 시에서 의미가 있는 것은 쏘가리가 사는 곳이 결
코 인간이 가닿을 수 없는 곳이 아니라는 인식의 출현에 있
다. 즉 쏘가리가 사는 곳은 "할머니는 늘 허공 같은 얼굴을/
하고 계셨지. 사람 마음 그 끝은/ 허공. 푸른 허공이라 하

셨지"라는 표현을 통해 할머니가 살았던 곳, 혹은 할머니의 마음으로 살았던 곳—여기에서는 비록 "푸른 허공"으로 표현되고 있지만—과 다름없음을 말하고 있다. 시집 전체의 내용과 이 시 자체의 맥락을 두고 볼 때 할머니는 늘 허공 같은 얼굴을 하고 있었다는 점에서 현대의 물질적 삶에 포박된 존재가 아니라는 점을 생각해 볼 수 있다. 사람 마음이 푸른 허공이 될 수 있다고 전제하는 표현을 두고 볼 때, 즉 사람 마음의 끝은 언제나 푸른 허공이 된다는 점에서 허공의 의미를 잘 보여주었던 할머니처럼 산다면 쏘가리 같은 청정한 삶을 살아갈 수 있다는 전언인 셈이다. 쏘가리가 살던 일상이 어느새 우리에게도 펼쳐질 수 있음을 이 시는 노래하고 있는 것이다.

그런 점에서 볼 때 이 시는 일상의 승화의 바람직한 모습이 된다. 그것이 논리적, 이성적 사유에 의해서 진전된 것이 아니라 할머니에 대한 추억과 마음의 끝이 푸른 허공일 것이라는 직관과 쏘가리가 1급수에 산다는 과거 경험의 집적을 통해 이러한 시가 나오게 된 것이라 할 수 있는 것이다. 이 시에 와서 성선경 시인이 추구하는 마음 한 자락을 우리는 보았다고 말할 수 있게 된다. 생의 지리멸렬함을 극복할 수 있는 순수 내지 숭고의 표상이 어디에 기원하는지 알 수 있게 되는 것이다. 이것은 곧 우리로 하여금 생의 늙어감에 따른 고달픔과 무력함에서 벗어나 존재의 심원한 전망과 평정이 어디에서 올 수 있는지를 사색할 수 있게 함이다. 그러한 마음의 사색과 평정이 이번 시집에서 찾을 수 있는 또다른 울림이 아니겠는가.

성선경 시인은 현재 삶의 전환기에 서서 불확실함의 안개 속을 헤쳐 나가는 것 같다. 존재가 위태로워질수록 시적 인식과 표현은 치열해지고 긴장감이 돈다는 점에서 그의 시가 날카롭게 신경이 곤두서 있고 울분으로 표출되고 있는 것을 두고 탓할 일은 아니란 생각이 든다. 오히려 무력함과 무상함에 노출된 존재의 원형적 감정의 한 형상을 이번 시집에서 보여줌으로써, 존재의 본질에 대한 탐색의 한 드라마를 우리로 하여금 겪어보게 하였다는 점에서 그의 노고와 투쟁에 경의를 표할 일이다. 시인은 끝없이 옹색한 자아를 죽이고 새롭게 세계와 소통하는 자아를 구축하는 존재임을 생각할 때 또 어떤 자아를 죽이고 대자아의 모습으로 출현하게 될지 기대되는 바가 크다. 성 시인은 결코 자신의 현실에 대해 타협하거나 회피하는 시인으로 보이지 않는 만큼 그의 지난한 시적 투쟁은 우리 한국 시단에 값진 결실로 남을 것이다. 때문에 늘 깨어 있기를, 그리고 생의 감각에 확실한 상태로서 고통에 처해 있기를 바란다. 이렇게 바라면 그에게 짐이 될까? 그를 사랑하는 독자로서 과욕인 것일까? 어느 쪽이든 그의 작업의 형태가 쉽지 않을 것임을 짐작된다는 점에서 안쓰러운 마음으로 그의 건투를 빌어마지 않는다.

성선경(成善慶)

1960년 경남 창녕에서 태어났다. 경남대 사범대학 국어교육학과 재학 중 1987년 무크 『지평』, 1988년 〈한국일보〉 신춘문예 시 당선으로 등단했다. 시집으로 『널뛰는 직녀에게』, 『옛사랑을 읽다』, 『서른 살의 박봉 씨』, 『몽유도원을 사다』, 『모란으로 가는 길』, 『진경산수』, 『봄, 풋가지 行』, 시선집 『돌아갈 수 없는 숲』, 동요집 『똥뫼산에 사는 여우』(작곡 서영우), 시작에세이 『뿔 달린 낙타를 타고』, 산문집 『물칸나를 생각함』을 냈다. 경남문학상, 월하지역문학상, 마산시문화상, 시민불교문화상을 받았다.

석간신문을 읽는 명태 씨

초판 1쇄 발행 2016년 3월 15일

지은이 성선경
펴낸이 강수걸
편집장 권경옥
편집 양아름 문호영 정선재 윤은미
디자인 권문경 박근아
펴낸곳 산지니
등록 2005년 2월 7일 제14-49호
주소 부산광역시 연제구 법원남로15번길 26 위너스빌딩 203호
전화 051-504-7070 | 팩스 051-507-7543
홈페이지 www.sanzinibook.com
전자우편 sanzini@sanzinibook.com
블로그 http://sanzinibook.tistory.com

ISBN 978-89-6545-341-3 03810

* 책값은 뒤표지에 있습니다.
* 이 도서의 국립중앙도서관 출판예정도서목록(CIP)은 서지정보유통지원시스템
홈페이지(http://seoji.nl.go.kr)와 국가자료공동목록시스템(http://www.nl.go.kr/
kolisnet)에서 이용하실 수 있습니다. (CIP 제어번호: 2016004425)